SWEET SAVAGE

やさしく殺して

松岡なつき

もえぎ文庫

SWEET SAVAGE
やさしく殺して

目次

■初出一覧■

「やさしく殺して」小説BEaST1998年Spring号/ビブロス刊
（文庫収録にあたり大幅加筆修正）

「THE SAVAGE'S SUITE」　書き下ろし

やさしく殺して

1

男と別れた。今年に入って、二人目だった。

「シェイン……あのクソバカ野郎……マイアミでも、タンパでも、地獄でも、どこでも好きなところへ行きやがれ……っ」

トレイス・ジェームズ・ジャクソンは幼なじみのバーテンダー、アーニーに特別濃く作ってもらったラムパンチを呷《あお》りながら毒づいた。

「あいつがエヴァーグレイズあたりでウヨウヨしてるクロコダイルどもに食われちまったっていうんなら、これ以上、胸がスカッとする話もねえんだけどな。薄汚い内臓をそこいら中にブチまけてよ……」

アーニーは物憂《ものう》げにカウンターの上を拭《ふ》いていた手を止めると、心底、嫌そうな顔をした。

「よしてくれ。俺ぁ、スプラッタには弱いんだ。赤ワインと一緒に食べたレバーソテーが、胃の中で踊り出すぜ」

「ワイン……！」

トレイスはわざとらしくグルリと目を回してみせる。

「お前も気取った酒を吞《の》むようになったもんだ。やっぱ、かみさんができると違うのか？」

「まあな。確かに酒の味を愉しむ余裕は出てきたかな」

アーニーはそんなからかいに気を悪くした様子もなく答える。

「ラムやバーボンとは違った繊細な味わいをさ。ワインを嗜《たしな》む女の風情ってのが、これまた色っぽくていいんだぜ。そのまま夕食のテーブルに押し倒したくなる」

トレイスは鼻を鳴らし、指を口の中に突っ込んで吐く真似をした。

「そいつはごちそうさま、だ。ストレートの種馬め」

「おいおい、俺が女としか寝ないからって、差別するのはよせよ」

アーニーが苦笑する。

トレイスはグラスの中身を一気に呷った。

「俺は親友をなくしちまったんだ。おまえを結婚なんかさせるんじゃなかった。マリサがいい娘じゃなかったら、とことん邪魔してやったのに……ふん、案の定、家庭ができた途端、つき合いが悪くなっちまって……」

「どこがだよ」

さすがにムッとしたようにアーニーが言い返す。

「俺は何も変わってないぜ。毎晩、決まった時間に店を開けて、このカウンターに陣取ってる。

変に意識してるのは、おまえの方じゃねえのか。どこかの馬のホネとつるんで、滅多に顔も見せやがらなかったくせに。冷てえのはどっちだよ。ええ?」

トレイスは話の途中から、段々と後ろめたそうな表情を浮かべるようになっていった。

彼の足がアーニーの店から遠退《とおの》いていたのは、シェインがそれを嫌がったからだ。彼はトレイスが自分以外の人間に興味を示すと、激しく嫉妬するのが常だった。

最初はそんな態度を彼の愛情の深さだと思っていたトレイスも、今では勘違いだったことを認めている。

シェインは単に自己中心的な男にすぎなかった。

(そう、アーニーの言う通りだ。独りぼっちで寂しいからって、彼を妬むようなことを言うなんて、俺もつくづくサイテーな野郎だな)

そんなことをしても、胸に巣食う遣《や》り切《き》れなさが消えるはずもないことは、トレイスも判っていた。しかし、それならば、この寂しさをどうやって埋めればいいのだろうか。彼は途方に暮れるばかりだった。

「悪い……おまえを責めるつもりじゃなかったんだが」

アーニーの謝罪に、トレイスは首を振る。

「いいんだ。こっちこそ、ごめん」

それでも、しゅんとして俯《うつむ》いたままの友人の姿に、アーニーは重い溜め息をついた。

「なあ、誰とどこで何をしてようと、おまえさえハッピーなら、それで俺もオーケーさ。ところが、久々に現れたおまえさんは、今にも死にそうなツラをしてやがるじゃねえか。そんな顔を見ていると、世話好きな俺の性格上、何か言わずにはいられなくなるんだよ」

　トレイスは呻《うめ》いた。

「判ってるよ。だから、おまえのお小言に耐えられると思えるようになるまで、来れなかったんじゃねーか。俺もバカだって自覚はあるけど、改めて指摘されると結構傷つくんだぜ」

「おまえはバカじゃないだろ！　そりゃ、ちっと人が良すぎるきらいはあるけどよ」

　アーニーが怒ったように言う。

　トレイスは投げ遣りな笑みを唇の端に張りつけた。

「ふん、バカもお人好しも同義語みたいなもんだろ。どっちも他人から踏みつけにされるだけの人生さ。それより、もう一杯くれよ、アーニー。もっと強いヤツを」

「あんまり呑めねえくせに」

「だから、いいんだ。さっさと酔っ払って、何もかも忘れちまいたい。とりあえず明日の朝まで、気を失ったように眠りたいんだ」

「判ったよ」

　アーニーは熟成して褐色に色づいた生《き》のラムを、トレイスのグラスに注いでやった。

　アメリカ合衆国の本土最南端に位置する島キーウェスト——そのメインストリートであるデ

ユヴァル通りから一本入った場所にあるアーニーの店『ビッグ・ショット』は、地元の人間に人気のあるバーだった。観光客向きの小綺麗《こぎれい》さなどとは無縁、サービスなど無きに等しいが、とにかく酒が安く呑める。

この『安く』というのが非常に大事だ。

キーウェストはマイアミなどに比べると物価が高い。観光地の宿命で、生活必需品なども全て本土より割高になってしまう。数日間の愉しみを求めてやって来る旅行客はサイフの紐も緩みがちだが、ここで日常生活を送っている人々は、どうしても物の値段に敏感にならざるを得なかった。よって住民達の足は、自《おの》ずとテナント料の高い表通りの店を避けるようになる。

(ここにいるのも、皆、知った顔ばかりだ)

トレイスは狭い店内にぼんやりと視線を彷徨《さまよ》わせた。絶え間なく立ち上る紫煙、賑やかな笑い声。つけっぱなしのラジオからは一昔前のヒットチューンが流れている。そこだけ明るいビリヤード台の周りでは、男達が緑のラシャの上にドル札を放り出して、今夜の運を試していた。もっとも、それは友人同士のゲームであって、真剣な賭けではない。

トレイスは思った。

(別にヤバい雰囲気でもないし、アーニーも観光客に対して入店拒否をしてるわけじゃないけど、フラリと入ってくるにはどこか閉鎖的な空気が流れている店だよな。でも、中にはシェインみたいに、そういうのを全然気にしないヤツもいるから……)

シェインが『ビッグ・ショット』に顔を出した晩のことを、もちろんトレイスは覚えている。あれは雪に閉ざされたニューヨークから、溢れる陽光を求めてやってきた絵描きとの短い恋が終わった直後のことだ。画家はマンハッタンの路上から雪が消えた途端、「ここには知的刺激が少なすぎる」と捨てゼリフを残して去って行った。どうやら彼にとって、トレイスは温かい毛布代わりだったのだろう。つまり、冬が終われば用なしということだ。

（それがリゾートでの恋の宿命さ。旅人はやってきて、また去って行く。戻る場所があるからな。そして、苦かったはずの別れさえも、すぐに美しい思い出に昇華《しょうか》してしまう。残される方の気も知らないで……）

いきなり放り出されたトレイスは、長すぎる夜を持てあましながら寂しくカウンターにとまっていた。そんな彼の隣に、シェインが並んできたのだ。春のように明るく、親しげな笑みを浮かべながら――トレイスがこの降って湧いたような、ハンサムな異邦人に心を奪われるのに、さほど時を要さなかったことは言うまでもないだろう。

（認めるのは悔しいけど、本当に顔だけはいいヤツだった）

もちろん、シェインもそれを知っていた。だから、彼はトレイスだけではなく、誰に対しても自信たっぷりな態度で振る舞った。時にはイヤミに感じられるほどに。

「あいつ……シェインのヤツが俺の家に転がり込んできたとき、何て言ったと思う？」

シンクに溜まったグラスを洗い出したアーニーに、トレイスは聞いた。

「マジなツラしてさ、『俺も色んな場所を流れ歩いてきたけど、腰を落ち着けるんならこの島だ。おまえとなら上手くやれそうな気がする』だとさ」

「さあな」

トレイスは苦笑いを浮かべると、ついで大きなしゃっくりをした。アーニーが指摘したように、もともと彼はアルコールに強い体質ではない。だが、シェインと別れてからというもの、酒量は増えるばかりだった。そして、翌朝は死んだ方がましと思うぐらいの二日酔いに苦しむことになる。

「『腰を落ち着けるんなら』だぞ。それがどうだ？　たった三月《みつき》で、ケツに火がついたみてえに逃げ出しやがって」

アーニーは処置なしだというように首を振った。

「トレイス……前にも言ったと思うが、おまえって本当に人を見る目がないのな」

「何でだよ？」

「シェインはご丁寧にもハナっから『俺様は流れ者でございぃ』って前置きしてたんじゃねえか。そんな野郎があっさり心を入れ替えて、一つところに落ち着けるなんて、よくもまあ簡単に信じられたもんだ」

「うるせー、うるせー！」

トレイスはラムをゴクゴクと呑み干し、それからまあるく口を開くと、フーッと熱を孕《はら》んだ息を吐き出した。

「おまえならどうするよ？　大好きな奴の言うことだったら、とりあえず信じたいと思わねーのか？」

「そりゃ、信じるに足る相手ならな」

アーニーの瞳に哀れみの色が浮かぶ。

「俺が言いたいのはよ、後でサメザメと泣くような目に遭《あ》いたくなかったら、もう少し利口に立ち回んな、ってことだ。おまえはすぐに熱を上げるから、チョロイ奴と思われて、いいように利用される。ヨットクラブのお仲間達を見てみな。もっと気軽に恋愛を楽しんで……」

トレイスはカウンターにグラスを叩きつけるように置き、アーニーの言葉を遮《さえぎ》った。

「あれが恋かよ？」

トレイスが勤めているのは『ドラゴン・フィッシュ』というゲイの観光客向けのヨットクラブだ。他人の眼を気にせずに振る舞える海上に行き、燃え盛る南国の太陽の下でとことんハメを外したいという客のために、若くハンサムなクルーごとヨットやクルーザーを貸し出すのが主な業務だった。

キーウェストは全米でも有数の同性愛者達のパラダイスとして知られ、こうした専用のヨットクラブや、『ヘリテージハウス』と呼ばれる歴史的建物を改造したゲイのためのシックなホテルが数多く営業している。

島中の名所を巡る『コンク・ツアー・トレイン』に乗り、ちょっと目を引く屋敷の前に行くと、大抵は玄関ポーチの上に、ゲイがオーナーであるか、ゲイにフレンドリーな場所ということを示すレインボー・フラッグが掲げられているのを見ることになるだろう。

そして、何も知らない観光客はその前を通りすぎながら、ガイドのそそくさとした説明を聞くことになるのだ。

「ここは『カリー・ハウス』といい、キーウェストの伝統的な建築方法で建てられた家です。現在は個人の所有物になっていて、中に入ることはできません」

もちろん、このうっとりするほど優雅なホテルの客になれば、出入りは自由だった。ただし、カリーの場合、『客』とは同性愛者の男性に限られるが。

風光明媚《ふうこうめいび》で自由な気風の漂うキーウェストには、解放感を求めて裕福なゲイが大挙《たいきょ》してやって来る。彼らに供するサービスは島の一大産業と言うべきものになっていた。

(そして、その恩恵を俺も受けてる)

トレイスの『ドラゴン・フィッシュ』での仕事はボートの操縦クルーと、客をホテルまで送迎するリムジンの運転手だ。だから、船上で飲み物の世話をしたり、客の背中に日焼け止めを塗ってやったりするキャビンボーイ達よりは給料がいい。しかし、トレイスはこのヨットクラブで働くことを、心底嫌っていた。なぜなら、客と一緒に船に乗っている間は、彼も他《ほか》のキャビンボーイ達と同じくヌード姿で仕えなければならないからだ。それが『ドラゴン・フィッシユ』の一番のウリなのである。

（毎朝、起きるたびに思うぜ。今すぐにでも辞めたいってな）

それを許さない事情を思って、トレイスは唇を噛み締める。

キャビンボーイは悲しくなるほどの薄給なので、客達からもらうチップに頼って生きている。そのため、船を下りた後も、客を誘って欲得ずくの関係を結ぶ者が少なくない。大抵は自分達よりも年上で、そのことにコンプレックスを抱いているクライアント達だ。客達も食事や服、あるいは現金で若い青年の肉体を購《あがな》うことに疑問を持たない。お互い、そのときさえ楽しければ構わないという割り切ったつき合いだった。別れるときも、『金の切れ目が縁の切れ目』という感じで、非常にあっさりとしている。

（そりゃ、そうさ。お互い、好きでも何でもないんだから……）

一応は禁止されているものの、ヨットの上では客の手がクルーの尻に伸びてくるぐらいのことは『ご愛敬』として片づけられてしまう。そんな環境にいれば、従業員が売春行為を持ちかけられるのも、仕方のないことなのかもしれない。

トレイスも客に声をかけられたことは数限りなくある。だが、応じたことは一度もなかった。金のために、誰かのベッドに潜《もぐ》り込むような真似はしたくないからだ。

「あいつら、昨日と今日で寝ている相手が違うこともあるんだぜ。その相手も一人とは限らない。俺は自分ってヤツを、そこまで尻軽じゃないと思ってるんだけどな」

「ああ、俺の失言だった」

アーニーは自分を睨《にら》みつけている幼なじみに両手を上げてみせた。

「確かにおまえは尻軽じゃねえ。恋人にはとことん尽くすしな。俺がゲイだったら、その健気さにほだされるところだ。まったく、可哀想になるほど一途でさ」

それはアーニーの本音だろう。だからこそ彼は根気よくトレイスの愚痴にもつき合ってくれるし、親身にアドバイスもしてくれるのだ。トレイスも思わずにはいられなかった。本当にこの親友がゲイだったら、どんなに良かったかと。

「見慣れてる俺でも、おまえのルックスはまあまあだと思うんだけどな」

アーニーは幼なじみの顔をまじまじと観察して言った。

「おだてたって、何も出ねえぞ」

「そうじゃねーって。マリサも言ってたぜ。太陽の光を集めたようなブロンド。琥珀《こはく》を思わせる淡いブラウンの瞳。白い歯を覗かせて笑うと、少年みたいにキュートだわ、だとさ」

トレイスは苦笑した。褒《ほ》めてもらっているのだろうが、そこまで言葉を尽くされると、気恥ずかしさの方が先に立ってしまう。

「マリサは優しいな。実際はそうじゃなくても、そんな風に言われると自惚《うぬぼ》れたくなる」

「マジで言ってるんだよ」

アーニーは妻の言葉を額面通《がくめんどお》りに受け取っているらしい。

「あいつがウットリしたような口調で言うもんだから、俺は心密かに嫉妬してたんだぜ。ホントはおまえみたいのが好みなのかってさ」

「もし、そうだったら、とんだ悲劇になるところだったな」

「まったく。まあ、それはいいとして、俺が言いたいのは、おまえが言い寄ってくる男をフリこそすれ、フラれるなんてことは考えられねえってことよ」

トレイスは溶けた氷の浮かぶグラスを心許《こころもと》なげに揺らし、自嘲《じちょう》の笑みを洩らした。

「だけど、実際にはゴミクズみたいに捨てられてばっかりだ。それって、つまり、あいつらにとっては全く価値のない人間だってことだろう」

「ヤツらに見る目がねえんだよ！」

アーニーはバンッと平手でカウンターの上を叩く。

「おまえはいまいち自分に自信がないっていうか、恋人に選ぶヤツの趣味がサイテーというか、とにかく根性の悪い野郎どもに食い物にされやすいだけだ。温和な性格だからつけ込まれるのか、奴らに利用されているうちにそんな性格になっちまったのか、そいつは俺にも判らねえ。でもよ、俺のダチがゴミクズだなんて、誰にも言わせねーよ。おまえ自身にもな」

「アーニー……」

トレイスは彼の思いやりに涙ぐんだ。『苦しいときの友が真の友』と言うが、アーニーこそは正にその名に相応《ふさわ》しい。彼はトレイスがどんな酷い状態のときも、決して見捨てるような真似はしなかった。

アーニーはトレイスを物思わしげに見つめた。

「俺はおまえにも幸せになって欲しいんだよ。こんな風にボロボロに傷つく姿なんか、もう見たくねえんだ。とは言っても、この問題ばかりは、外野がやいのやいの騒ぎたててもどうなるもんでもねえし……そいつがもどかしいところよ」

トレイスも同感だった。彼だって不幸せになりたいわけではない。できればアーニーとマリサのように、恋を成就させたかった。だが、心を委ねていたシェインに捨てられた今のトレイスには、それが決して越えられない山のような難題にも思えてくる。

「なんで、人を好きになったりするんだろうな……いっそのこと一人で生きられたら、こんな風に苦しんだりすることもないのに」

グラスからカウンターの上に滴った雫を人差し指で伸ばしながら、トレイスは独り言のように呟く。

「……でも、どこかにいるはずなんだ。俺と同じで、一人の相手とじっくりつき合っていきたいって思ってる奴がさ」

「そりゃ、無論いるだろうさ」

アーニーは自分のためのグラスを用意すると、勢い良くラムを注ぐ。

仕事中は滅多に呑まない彼だが、口幅《くちはば》ったいことを言う前には、そうやって少々景気づけをする癖があることを、トレイスは知っていた。

「だけど、おまえの好きなタイプにゃ、難しい注文だと思うね」

「なんでだよ?」

反射的に身を乗り出したトレイスに向かって、アーニーは冷静に指摘した。

「一般論で考えてみな。ハンサムで、セックスが上手くて、型にはまらない自由な考えを持ってる野郎が、自ら望んで窮屈な貞節の鎖に繋がれたいと思うもんか?」

「う……っ」

トレイスが怯み、再び傷つくのを見て、アーニーは苦いものでも口にしたような表情を浮かべた。彼にしてみれば、優しくトレイスを慰めてやることの方が簡単だったに違いない。しかし、アーニーはこのあたりではっきりと真実を示し、トレイスの眼を覚まさせてやる方が本当の友情だ、と思ったようだ。トレイスはいつになく厳しい彼の物言いに、それを感じていた。

「いい加減、無い物ねだりはよすんだ。次こそは、おまえの望みを叶えてくれそうな男を引っかけろ」

「例えば、どんな……?」

「平凡なヤツかもしれないが、おまえにゾッコン惚《ほ》れてて、どこにも行かない男だ。シェインが出ていって、もう一月《ひとつき》は経《た》ってるよな?」

「一月……」

そう聞いて、トレイスはびっくりした。気づかぬ間に、もうそんなに時間が経ってしまったのかという驚きだ。

そんな彼の顔つきを見て、アーニーは鋭く舌打ちをする。

「くそ！　いい加減、あんな野郎のことは忘れたらどうだ！　一瞬たりとも考えるな。恨みに思うことさえ止めろ。それが未練ってもんだからな。おまえは限られた人生の中で、もう三十日もムダにしてんだぞ。どうだ？　そう聞くと、『ああ、俺は何てもったいないことをしちまったんだ』って思うだろうが！」

「おまえの言う通りさ……」

トレイスは囁くように言うと、両手で顔を覆った。

「ちゃんと判ってる。でも、今度こそはと思ったんだ。シェインならって……俺達、本当に上手くやってたときもあったから……だから……だから、未練だって判ってるけど……なかなか諦めきれなくて……」

トレイスの肩が震え、低く嗚咽《おえつ》が流れ出すのを耳にして、アーニーは慌てた。

「おい、泣くな。弱いんだよ、俺はそういうの……」

「ごめん……」

トレイスは頷いて顔を上げたが、手の下から現れた頬には、子供のように大粒の涙が次々と滴ってゆく。どうやらアルコールが、彼から抑制《よくせい》を奪ってしまったようだった。

「もう……何を信じたらいいのか、判らない」

トレイスはゴシゴシと頬を拭いながら呟く。

「俺、このままずっと、独りぼっちで生きていくしかないのかな……」

「そんなわけねえだろ！　これからだ、これから！　老い先短いジジイじゃあるめーし、あんまり悲観ばっかすんじゃねーよ」

アーニーは励ますように言うと、再びトレイスのグラスを満たした。

「さあ、もう一杯いきな。今日は俺のおごりだ。とことん酔え。俺もつき合ってやる。二人して、へベレケになろうぜ」

彼の好意に胸を打たれたトレイスも、何とか気を取り直して笑みを覗かせた。

「いいのか？　早く帰らないと、マリサに怒られるんじゃ？」

「構わねえよ。今夜はおまえと呑む。そう決めた」

「それでこそ俺の友達だ」

二人はグラスを触れ合わせ、乾杯する。

どうにも呑まずにはいられない気分のときは、中途半端に止めないのがアーニーの友情だった。

キーウェストの人間はお堅い本土の連中とは違って、酔っ払い達に優しい。かつて、この島に住んでいた文豪にして大酒呑みのヘミングウェイも、そこが気に入っていたのだろう。

「よお、アーニー、ビールをくれ！」

「キーンと冷えたヤツをな！」

そのとき、しんみりとした空気を打ち破るように、バーのドアから三つの影が勢い良く転がり込んできた。

「やあ、ジョン、マイク、アルフレド。いつものでいいか？」

「おうよ！」

すでにどこかで一杯やってきたらしく、真っ赤な顔をした男達は、アーニーがカウンターに滑《すべ》らせたクアーズの缶を摑《つか》み損ねてはゲラゲラと笑い合っている。この三人は、デュヴァル通りで観光客の顔写真をTシャツに転写して売る土産物屋だ。

「ご機嫌だな、マイク。よっぽどいいことがあったのか？」

アーニーが話しかけた男が肩を竦《すく》めた。

「冗談じゃねえ。俺らのはヤケ酒よ。ニュースを聞いたか？」

「何のニュースだ？」

「ポーカーランだよ。今回はとんでもねえ野郎どもが参加するらしい。なんでも去年のベガスのポーカー選手権でファイナルに残った奴らだとさ。なあ、ジョン？」

一息にビールを呑み干したジョンが頷く。

「ああ。記念すべき二十五周年だからって、主催者が招待したんだと。余計なことをしやがって。奴らが来りゃ、一切合財《いっさいがっさい》持ってかれるに決まってるじゃねーか」

浅黒い肌をしたカリビアンのアルフレドは、大げさに目をグルリと回してみせた。

「フロリダの片隅でこじんまりとやってる大会にいらして頂くには恐れ多い方々だぜ。畜生《ちくしょう》、これで俺達の大金持ちになるって夢も泡と消えるな」

「どうせならビールの泡にしてやれ」

ジョンの言葉に、男達はまた賑やかに笑い出す。

『ポーカーラン』というのは、毎年九月中旬に行われるフロリダの名物イベントだった。

金曜から土曜にかけて、マイアミ～キーウェスト間に散らばる島々《キーズ》をハーレー・ダビッドソンなどの大型バイクに乗って渡りながら、賭博《とばく》行為が許されている海上の船で、ポーカーに勤《いそ》しむ、というこのワイルドな催しには、フロリダ中から腕に自慢のギャンブラーが駆けつけて来る。その数たるや、何と二万人以上だ。

レザーとタトゥーを心底愛するギャンブルライダー達は、昼は改造ハーレーのエキゾースト、そして夜ともなればポーカーテーブルから絶え間なく立ち上がる紫煙に包まれて、スリルと興奮の一刻《ひととき》を愉しむ。

もっとも、トレイスのように賭け事に全く興味のない島民にとっては騒がしいだけで、我慢を強いられる週末だった。

「どんな奴らなんだ？　あんたはベガスにも行ったことがあるって言ったよな。見たことは？」

アーニーの問いに、マイクは大きく首を振る。

「ねえよ。俺なんかの腕じゃ、奴らのテーブルにゃ辿《たど》り着けねえからな。そのクラスになると、もうノーリミットのゲームしかしねえし」

トレイスは一時、感傷に浸《ひた》るのを忘れ、彼らの話に割り込んだ。

「ノーリミットって？」

マイクが二本目のビールを注文しながら説明してくれる。

「参加料《アンティ》は唸《うな》るほどの高額、賭け金《ベット》は天井知らずってことよ。つまり、勝ちさえすりゃ、何でも躊躇《ためら》いなく買える身分になる。ココナッツグローブの豪華な別荘でも、イカしたフェラーリでも、ギンギンのパワーボートでもな」

トレイスは羨望の溜め息をつく。

「あやかりたいような話だね」

ギャンブルの魅力は一攫千金《いっかくせんきん》の夢だ。額に汗して一生働いても稼げないような金が、たった一晩で手に入る。

(お伽話《とぎばなし》じゃなくて、現実に起こる魔法みたいなもんだ)

自分も運試しをしてみようか、とトレイスは思った。恋愛には恵まれなかったが、金運はいいかもしれないいじゃないかと。

だが、マイクがそんな彼の気持ちに水を差した。

「ただし、言うまでもなく、負けたらストレートに地獄行きだ。文字通り、何もかも全てを失う。金ばかりじゃなく、男の面子《メンツ》も、プレイヤーとしてのプライドもな。そうなったら、まるで脱け殻さ」

トレイスは眉を顰めた。

「そうなる前に止めりゃいい。全部、無くなっちまう前に『降ーりた！』って言ってさ。そうすりゃ、その日暮らしだけにはならないで済むぜ」

彼の素朴な意見に、マイク達は失笑した。

「男にゃ、絶対に引き下がれない勝負ってのがあるだろうが。それに、プロのギャンブラーは、いざってときに『明日から、どうやって暮らしていこうか』なんて考えねえよ」

「そう、そう、一度ぐらいヤケドしたからって、テーブルを離れるヤツもいねえな。ポーカーってのは悪魔のゲームだと思うね。知れば知るほどのめり込んでいく。いくらやっても飽きるってことがねえ。ドク・ホリディを見な。結核になって血を吐いてたって、カードだけは手放さなかった」

西部きっての保安官ワイアット・アープの親友だったドクは、銃の腕もさることながら、賭博狂としても知られた男だ。

「一度もポーカーに手を出したことがないヤツは幸いだ。おまえみたいなボウヤは、下手《へた》に近づかねえ方がいいぜ」

男達は異口同音《いくどうおん》に言う。彼らはそうやって若輩者《じゃくはいもの》を挑発しては、面白がるのが癖になっているらしい。

（馬鹿にしやがって……）

何度もボウヤ呼ばわりされれば、いかに人の良いトレイスでもカチンとくる。だが、彼はそれを面《おもて》には現さずに聞いた。

「ポーカーランって、どうやって参加するんだ？」

マイクが驚く。

「島民《コンク》のクセに知らねえのか？」

トレイスは肩を竦めてみせた。

「去年までは、大会中は遊んでるどころじゃなかったからな」

「ああ、そうか……」

マイクは彼の過去を思い出して頷く。この店のお客は、お互いのバックグラウンドをうんざりするほど心得ているのだ。

「よし、教えてやる。ゲームの種類は二つだ。まず、素人《しろうと》向けの『ビッグ・アワーズ』。こいつはポーカーラン独自のもんで、プレイヤーは参加料《アンティ》になる一口《ひとくち》十ドルのチェックシートを買う。そして、キーラーゴ～キーウェスト間にある五ヵ所のストップポイントを回って、一枚ずつ札を引いていくんだ。そこで出たカードは、係員がチェックシートの該当欄にスタンプを押してくれる。ハートのエースなら、その模様が描いてある升目《ますめ》にな」

「つまり、スタンプラリーみたいなもん？」

トレイスが聞くと、マイクは頷いた。

「そうだ。その五つのスタンプがプレイヤーの『手』になる。それを大会本部に提出して、一番強い手だった奴がチェックシートの売上げを手に入れるんだ」

「同じ手を持った人がいっぱいいいたら？」

「頭数で賞金を割る」

マイクは苦笑する。

「ま、ポーカーっていうよりは宝くじ《ロッテリー》だな。この方法なら時間もかからないから、何万って数のプレイヤーでも参加できる。だが、そんなお遊びじゃ満足できない輩《やから》もいてね。そういう奴らのために用意されてるゲームが『テキサス・ホールデム』。地獄中の地獄、究極の〈スタッド〉だ」

彼の言葉の意味が判らなくて、トレイスは困惑した。

「種馬《スタッド》って……男だけの勝負ってことか？」

ジョンが呆れたように頭を振る。

「参ったね、こりゃ。スタッドってのは手札の一部を見せて戦うポーカーのことだ。こいつにも色々な種類がある。『ダウン・ザ・リヴァー』、『オマハ・ホールデム』とかな。おまえさんが知ってるポーカーってのは、伏《ふ》せたままの五枚のカードを各自に配ってプレイするやつだろ？」

「ああ」

「そいつは『ドロー・ポーカー』って言うんだ。基本中の基本だな」

トレイスは思わず溜め息をつく。

「一体、何種類のゲームがあるんだ？」

「さあな。俺も正確な数は判らねえよ」

アルフレドが口を挟《はさ》んできた。

「ベガスのポーカー選手権じゃ、五週間の間に十三種類のゲームを戦い続けるんだぜ」

「十三……五週間もか？」

思わず目を見開いたトレイスに、アルフレドはニヤリと笑いかけた。

「スゲエだろ？　そうなるとカードの才能や運の良さもさることながら、精神力や体力がモノを言う」

トレイスは半ば呆れ、半ば感心した。五週間もポーカーばかりをしているというのは、やはり取《と》り憑《つ》かれているとしか言いようがない。

マイクが説明を続けた。

「『テキサス・ホールデム』では、〈アップカード〉っていう全員が使える手札が、テーブルの上に公開されてる」

彼はカウンターの上に架空のカードを配り、それを表に返す仕草をした。

「プレイヤーはその〈アップカード〉と、手元に配られる札とを組み合わせて手を作るんだ。このゲームの場合、誰がどんなカードを持っているのか、ディーラーの手元に残っている札は何か、そういうことを常にイメージしながら戦う必要がある」

「つまり、記憶力の勝負ってことだな」

アーニーが言うと、マイクは大きく頷いた。

「その通り。このゲームを好んでするヤツは異常に記憶力がいい。だから、カジノじゃ、カードを覚えるのが簡単なブラックジャックのテーブルから締め出されることもある。まず、滅多に近寄らねえがな。ギャンブラーってのは、好みのゲーム以外は興味がないって奴らがほとんどだ」

トレイスは聞いた。

「『テキサス・ホールデム』の勝敗はどうやって決める?」

「規定の保証金を支払ってチップと交換したら、そいつがすっからかんになるまで賭け続けりゃいい。ツキが回ってくれれば決勝ラウンド、つまりバケモノみてえに強いプレイヤーのいるテーブルに辿り着ける。毎年、このゲームの賭け金は莫大な数字に跳ね上がるが、それも勝ち抜き戦の賜物《たまもの》さ。本当にハードな戦いだ」

ふいにアルフレドがビールの缶を高く掲げる。

「ポーカーランに栄光あれ！　最強の男が全てを摑む——これ以上判りやすくて、納得できるルールはねえ！」

「確かに」

感心したように頷きながら、アーニーは言った。

「でも、ベガスのお歴々が大挙してやって来るとなりゃ、やっぱり、あんたらにチャンスはないな。お気の毒に」

現実に返ったマイク達は、途端にシュンとする。

「やっぱ、そうか」

「俺らとじゃ、役者が違いすぎるしな」

「ま、いい経験になるかも……」

彼らの呟きを耳にして、トレイスは驚いた。

「あんたら、負けるって判ってて、まだ参加するつもりかよ？」

マイクが苦い笑みを浮かべる。

「万が一ってこともある……っていうか、結局、俺達は好きなんだよ。緊張感に包まれたカードテーブルに座っているのがさ。大負けしたときゃ、もう二度とポーカーなんかしねえって思うけど、しばらくするとまた指先がウズウズしてきちまう」

アルフレドがトレイスに片目をつぶってみせた。

「判ったろ、ボウヤ？　因果《いんが》な病さ」

トレイスは黙って頷くしかなかった。

気を取り直したマイクが、声を張りあげる。

「そうさ、ツキの行方は誰にも判らん。ついに幸運の女神が俺を振り向く気になってくれるかもしれねえもんな。よし、景気づけだ！　アーニー、もう一本、ビールを寄越《よこ》せよ」

アーニーがしたり顔で言う。

「なけなしの金を俺にムシられていいのか？　参加料《アンティ》が出せなくなっても知らねえぞ」

マイクはクシャクシャのドル札をカウンターに放り出しながら、ニヤリと笑った。

「イヤミな野郎になったもんだ。安心しな。まだ、そこまで食い詰めちゃいねぇ」

話題は他のことに移っていこうとしていたが、トレイスの胸にはまだ引っかかっているものがあった。彼はそれを口にする。

「マイク、ベガスから来る王様達の名前を知ってる？」

「ああ、チャン、パパンドレウ、リチャードソン、それからブルー。カードと同じ四人だ」

「一番強いのは？」

「ブルーだ。今、ノリにノッてる」

マイクは迷わず答えた。

「去年、ポーカー選手権を制して三百万ドルを稼いだ後、すぐにアトランティックシティのゲームでも二百万をゲットしやがった。都合、『五百万ドルの男』ってワケよ。チクショーめ」

その途方もない金額を耳にして、トレイスとアーニーはあんぐりと口を開けたまま、互いに顔を見合わせた。

「五百万……マジかよ」

アーニーが掠《かす》れた声をあげる。

「本当にいるんだな。そんなラッキーガイが……」

トレイスはもう笑うしかなかった。

マイクが言う。

「ああ。おまえさんが奴らと同じテーブルにつくのは不可能だが、興味があるんなら会場に来れば？　ツラくらいは拝《おが》めるぜ」

「いいんだ」

トレイスは首を振る。どうして見知らぬ男達の名前を聞きたくなったのか、自分でも判らなかった。聞いてどうなるものでもないのに。

「遠慮《えんりょ》しておくよ。あんた達が言うように、俺にはハードすぎる世界みたいだからな。それに人がどれだけ稼ごうと、俺には関係ない」

トレイスの言葉に、マイクはひょいと肩を竦めてみせた。

「そりゃ、ごもっとも」

それきりアーニーと気のおけない談笑を続けるマイク達をよそに、トレイスは物思いに耽《ふけ》る。

(ポーカーランか……そういや、最近バイカーが増えたなって思ってたけど、もう、そんな季節になってたんだな)

シェインのことで頭がいっぱいで、世の流れにすっかり疎《うと》くなっていた自分に気づいて、トレイスは内心、苦笑した。

(いつもなら親父のホテルも満室になってて、死ぬほど忙しい頃なのに……)

ヨットクラブで働き出す前、トレイスは父親のアンディが経営している小さなホテルを手伝っていた。ヘリテージハウスほど立派なものではないが、やはりキーズの伝統的な建物を改造したゲストハウスだ。

フロント、ポーター、運転手、朝食時のウエイター——トレイスは本当に何でもやった。人を雇おうにも、その余裕がなかったからだ。だから、一日の終わりにはグッタリするほど疲れたけれど、自分のサービスに客が満足してくれることが、トレイスの喜びでもあった。これ以上の適職はないとさえ思っていたほどだ。

(だから、ホテルの閉鎖が決まったときは、身を切られるように切なかったな)

当時の気持ちを思い出して、トレイスは痛みをこらえるように眉を寄せた。

同じメキシコ湾流に面した観光地カンクンに客を奪われ、悪化する一方の経済状態を何とか建て直そうとしたアンディは、銀行にローンを申し込んだ。

だが、それ以降も客足は伸びず、おまけに大型のハリケーンに襲われるという不幸が重なって、結局ホテルの経営は行き詰まってしまった。

トレイスが『ドラゴン・フィッシュ』で働くようになったのも、借金返済の足しにしてもらおうと思ってのことだ。しかし、それも『焼け石に水』に過ぎなかった。

（ホテルは担保《たんぽ》だった。ローンが焦《こ》げついたら、差し押さえられるしかなかった。親父はもう年だし、取り戻すのは諦めているみたいだけど……）

だが、トレイスにはまだ未練があった。施設の古さが祟《たた》って、未《いま》だに彼のホテルには買い手がついていない。金さえあれば、それを再び取り戻すことも可能だ。もっとも、トレイスにはその金を作るアテなど何一つなかった。気の進まない仕事をしながら、自分の暮らしを成り立たせていくだけでも精一杯という状態なのだから……。

（このところ、俺には悪運ばかりがつきまとっている。マイクが言っていたみたいに、いつかは俺にもツキが巡ってくるのかな？）

トレイスはそっと溜め息をつく。本当にそんな日が来れば、と心の底から祈る思いだった。

「アーニー、酒が足りねぇぞ！」

酔いの度合いを深めたジョンが濁声《だみごえ》を張りあげている。

「はい、はい」

ビールを取り出しながら、アーニーが済まなそうにトレイスに囁いた。

「悪いな、一人にして。もう少し、待ってくれ」

「いいよ。俺はゆっくり呑んでるから……」

トレイスが答えたそのとき、再びバーの扉《とびら》が開き、新しい客の気配がした。吹き込んでくる微かな風に背後を振り向くと、ずば抜けて長身の男が立っているのが見えた。

彼は店内を見渡すと、ゆったりとした足取りでカウンターに歩み寄って来る。

そう、ちょうどトレイスの隣に――。

(知らない……顔だ)

トレイスの胸が大きく波打つ。彼は動揺《どうよう》が顔に表れているのではないかと恐れて、アーニーの方に向き直った。なぜ余所者《よそもの》は皆、自分の隣にやって来るのだろうか。理不尽《りふじん》だということは判っていたが、トレイスはそんなことを思う。

男に気づいたアーニーが声をかけた。

「やあ」

男も唇を緩めると、深みのある声をあげる。

「こんばんは。バーボンをダブルでもらえるかな」

彼からは煙草《たばこ》と、使い込まれた皮《レザー》の匂いがした。

2

ちらりと傍《かたわ》らに視線を走らせる。


男は迷う風だった。

「何にしようかな」

アーニーが聞く。

「好みの銘柄《めいがら》は？」


一旦《いったん》は顔を背けたものの、やはり興味を抑えられないトレイスは、ちらりと傍《かたわ》らに視線を走らせる。


（もっと、よく顔を見たい）

だが、トレイスの眼に映ったのは、男の肩口だけだった。これだけ接近している相手に気づかれずに盗み見るのは難しい。

スツールに軽く腰を預けた男は、煙草に火をつける。最後の一本だったのだろう。空になったパッケージをクシャッと握り潰す音がした。

トレイスはカウンターの上に紙屑とライターを置く男の手を見つめる。長く、しなやかな指。

それが軟弱さを感じさせないのは、関節の骨が発達しているためだろう。拳を握ったり、思い荷物を持ったりすることに慣れた感じの手だ。

それに見惚れていると、男は首を傾《かし》けて、自分の方からトレイスの視線を捉えた。

「あんたは何が好き?」

彼はとうに見られていることに気づいていたらしい。

「あ……」

一瞬、トレイスは自分の視界が紺碧《こんぺき》に染め上げられたような気がした。それほど男の瞳は澄んで、明るい青色をしていたのだ。真っすぐ見つめられたトレイスは、息詰まるような気分を味わいながら、何とか口を開く。

「レ、レッド・マーヴェリック……」

「じゃ、それを二つ」

男はアーニーに注文を伝えると、カウンターに肘《ひじ》を預けてトレイスの方に身体を向ける。

「ロジャーだ。よろしく」

「俺はトレイス……」

その名を聞くと、ロジャーは片方の眉を上げた。

「両親の愛の成就を記念して『結果《トレイス》』?」

「違う」

トレイスは思わず苦笑した。そんなことを言われたのは初めてだ。

「愛称だ。本当はトレランス。トレランス・ジェームズ・ジャクソン。言葉の意味通り『寛大な《トレランス》』人間になるようにって、親父がつけた。でも、堅苦《かたくる》しいから、今じゃその名前で呼ぶヤツはいない。親父でさえね」

皮肉な話だとトレイスは思った。確かに彼の本名はその生き方を表現するに相応しいものだ。トレイスは自分をさほど心の広い人間だとは思わないが、少なくとも我慢強い人間であることは確かだろう。

ロジャーがポツリと呟いた。

「ジャクソン……奇遇《きぐう》だな」

「何が？」

「あんたの名字だよ」

わけが判らず、きょとんとしているトレイスに、ロジャーは説明する。

「俺のご先祖様は南部でちょっとした男だったんだが、悪さがすぎてね。合衆国政府に睨まれちまったんだ。わざわざ討伐隊《とうばつたい》も派遣されてきたが、そこはジイさん、しぶとく生き長らえることに成功した。そうでもなきゃ、今、こうしてここに俺が存在するはずもないんだが。ま、とにかく、その討伐隊を率いてきたヤツの名がジャクソンっていうんだよ」

段々と緊張が解れてきたトレイスの口も滑《なめ》らかになる。

「だったら、俺達、宿敵同士の子孫かもしれないってこと？」

ロジャーは微笑む。

「もしかしたらな」

「じゃあ、並んで酒を呑んでるなんて、とんでもないんじゃねーの？」

「このあたりで長年の確執にケリをつけろという思し召しかもしれない」

ロジャーはアーニーが寄越した二つのグラスを器用に掬《すく》い上げると、一つをトレイスに手渡しながら、芝居がかった口調で言った。

「お近づきの印に杯《さかずき》を受けてくれ給え、ミスター・ジャクソン」

「喜んで」

「トレイスって呼んでも？」

「いいよ」

ロジャーはトレイスのグラスに自分のそれを打ちつけ、それから聞いた。

「キーウェストの乾杯の文句は？」

「明日もいっぱい酒が呑めますように」

「そいつは素敵だ」

ロジャーは教えられた言葉を繰り返し、それから水のようにバーボンを呑み下した。

そんな彼を見つめながら、トレイスは思う。

（ざまあみろ、シェイン。この世には、おまえなんか『メ』じゃないほどハンサムな男もいるぞ）

トレイスは生まれてこの方というもの、ロジャーほど端正な容貌《ようぼう》の持ち主に出会ったことはなかった。あまりにも顔立ちが整いすぎていると、冷ややかな印象を与えるものだが、ロジャーにはその傾向もない。たぶん、あの生き生きとした蒼《あお》い瞳のせいだろう。

トレイスはアルコールが一気に身体中を巡り始めたような気がした。激しい動悸《どうき》に襲われて、胸元をそっと押さえる。だが、ますます頬が赤らんでいくのが自分でも判った。それを知られたくなくて再び顔を伏せようとするのだが、どうしてもロジャーの姿から目を離すことができない。

（まるで、生きたまま石に変えられる魔法をかけられたみたいだ）

とはいえ、困り果てた状況ではあるものの、トレイスは悪い気分ではなかった。その身体は石のように動かないが、とにかく視覚は生きていたからだ。

（こんな男がいるなんて……）

ミンクオイルの香りが漂うレザーベストの下に、ロジャーは何もつけていない。見事な胸筋から引き締まった腹部へのラインは、思わず手を伸ばしたくなるほど扇情的《せんじょうてき》だった。

着古されたブラックジーンズ。

傷だらけのライダーブーツ。

　そして、バイカーの象徴、銀のウォレットチェーン。ただし、ずっと研《みが》いていないらしく、鎖の表面は酸化して黒ずんでしまっている。

　どちらかといえば、いや、はっきり言ってロジャーの身なりは良くなかったが、彼にはそれをフォローして余りあるものが備《そな》わっていた。

　無造作すれすれにカットされた艶《つや》やかな黒髪。

　南国の鮮《あざ》やかな空を思わせる瞳。

　その鼻梁《びりょう》はあくまで高く、ノーブルな印象さえある。

　だが、どこか皮肉っぽくて、他人をからかうような笑みが浮かぶ肉感的な唇は、ロジャーをお行儀の良さや退屈さから遠く引き離していた。

（彼が誰かの命令に大人しく従ってる姿なんて、想像できない）

　非常に魅力的だが、危険な一面を持った男だということは、一見して判る。

　だが、そうと知ってはいても、惹《ひ》きつけられずにはいられない、圧倒的な輝きを持っている人間――それがロジャーだった。

「ホントに懲《こ》りねえヤツだな……さっき忠告したことを、もう忘れやがって」

　凍りついたようにロジャーから視線を離せなくなっているトレイスの様子を見て、アーニーがやれやれというように呟いた。

　その言葉は耳に届いたが、トレイスはそれを無視してしまう。アーニーの言いたいことはよく判っていたが、今、ロジャーから注意を逸《そ》らすぐらいなら死んだ方がマシだ。トレイスは瞬《まばた》きすることすら惜しんで、その瞳でロジャーを貪《むさぼ》った。

ロジャーはアーニーにお代わりを注文すると、トレイスに向き直る。

「赤いはぐれ牛《レッドマーヴェリック》か……悪くないな」

「ケンタッキーの片隅で細々と作っているブランドだとさ。アーニーが……そこのバーテンダーが教えてくれたんだ」

「覚えておこう」

「気に入ってもらえて良かった。キーズは初めてかい？」

「ああ。前からきたかったんだが、想像以上にいいところだな」

ロジャーの言葉には微かに南部の訛《なま》りがあることを、トレイスは発見した。気になるほど強くはなく、むしろそれがあることによって彼の声には独特の優雅な魅力が備わっている。少し物憂《ものう》げで、紗《しゃ》のヴェールをかけたようなソフトな響きだ。

「海の他には何もないけどね」

トレイスがわざと馬鹿にした言い方をすると、ロジャーはうっすらと微笑む。

「そこがいい。何もしないで、のんびり暮らすならキーズは理想の土地だ。俺もしばらくこの島で骨休めしたくなったよ」

ロジャーがしばらく滞在するかもしれないと知って、トレイスの胸は大きく震える。期待してはいけないと判ってはいたけれど。

「どこに泊まってるんだ？」

「昨日まではマイアミのサウスビーチに。一応ホテルを取ってたんだが、結局、部屋には帰らなかった」

「サウスビーチ……」

トレイスはロジャーの顔を確かめるように見つめた。その美しい海岸もキーウェスト同様、同性愛者達の楽園として有名な地域だったからだ。トレイスはもう少しロジャーに探りを入れてみることにした。

「クラブをハシゴして、ナンパでも？　あんたなら、男でも女でも選び放題だろうな」

ロジャーはそれには答えず、肩を竦めた。

「海風を連れに、オーシャン・ドライブをバイクで流してた。波の音だけが轟《とどろ》く真っ暗なサーフサイドから、ネオンの灯《とも》るアールデコ地区まで何度もね。結構、同好の士も多かったよ」

「ああ、ポーカーランの連中ね……」

そこまで言って、トレイスはふと気づく。

「もしかして、あんたもカードゲームに夢中のクチ？」

「ああ、この大会には初めてのエントリーだが」

「強いの？」

ロジャーは当然のように頷いた。

「自信はある」

「ベガスのチャンプ達と比べてどう？　今回は彼らも参加するんだろう？」

「という話だな」

「四人のキング達……ええと、チャンと……誰だっけ？」

トレイスは彼らの名前をほとんど失念《しつねん》していることに気づいた。あれほど気にかかっていたというのに。現金なもので、目の前に魅惑の王子様《プリンス・チャーミング》が登場した途端、トレイスの彼らに対する興味は消えてしまったようだ。

「……まあ、いいや。とにかく、彼らにも勝てそうかい？」

ロジャーはその問いには答えず、聞き返した。

「どんな奴らだと思う？」

「そうだな……」

トレイスは目をつぶると、脳裏に浮かび上がってきたタフガイ達の姿を描き出してみせる。

「ポーカー選手権は体力勝負だって話だから、きっと体格のいい男だろうな。死人みたいに青い顔をして、目は徹夜続きで血走っている。ひっきりなしに口に煙草を銜《くわ》えてるけど、しゃんとしてないといけないから酒は呑まない。判断力が鈍るものは何であれご法度だ。とにかく殺し屋みたいな強面《こわもて》で、気が弱いヤツなんか、一緒のテーブルに座っただけでチビりそうになっちまうんじゃないかな」

　ロジャーが喉の奥で笑った。

「確かに震えが来るほど怖そうだ。俺もそんな奴らの待ち構えてるテーブルに近づくのは、御《ご》免《めん》こうむるよ」

　そうは言うものの、ロジャーはちっとも臆病風《おくびょうかぜ》に吹かれている様子ではなかった。出会って間もないトレイスにも、彼が滅多なことで怖気づくようなタイプではないことぐらいは判る。

（一番辛くて、苦しいときでも、平気な顔で笑っていそうな男だ）

　表面だけでは判らない、真意の見えない男だ、とトレイスは思った。もっとも、ポーカーを好んでするような人間は、普段から本音を吐露《とろ》するようなことは少しもないのかもしれない。

（彼が何を考えているのか知りたい……だけど、深入りするのは恐ろしい）

　トレイスの心は真っ二つに引き裂かれていた。

　アーニーが看破《かんぱ》したように、ロジャーはトレイスの好みそのものだ。

　けれど、容易に関係してはならない男だということも判っている。ロジャーもシェインと同じくヨソ者で、その上、ギャンブル好きというおまけがつくのだから。

（そんな男に惚れたら、またアーニーの前でサメザメと泣き言を並べ立てるハメになるかもしれない……いや、どう見ても、その可能性の方が高いな）

　トレイスは胸の中で溜め息をつく。ロジャーはシェインよりハンサムだが、よりタチが悪い男かもしれなかった。「安定」、「確実性」、あるいは「約束」という言葉ほど賭事師に似合わぬ言葉はない。ロジャーもどこかに『腰を落ち着ける』ようなタイプではないだろう。

(彼が俺に何か与えてくれるとしたら、それは言い知れぬスリルや、じっとしていられないほどの興奮だろうな)

しかし、トレイスはそれだけでは満足できない。彼が欲しいのはアヴァンチュールではなく、誠実で長続きのする愛情だ。とはいえ、ロジャーに一夜の恋を求められたら、きっぱり拒絶することも難しそうだった。

(そもそもロジャーはどんな心算《つもり》で俺に声をかけてきたんだろう？　これは誘われている……んだよな？)

それはほぼ間違いないと、トレイスは思った。普通、何の興味もない相手に、酒をおごったりはしないはずだからだ。

それに、ロジャーのトレイスに向ける視線の強さは、無言のうちに彼の欲求を物語っていた。男が男に好意を伝えるときは、まず眼を見交わすことから始まる。ストレートの男性の瞳には決して浮かぶことのない輝き——誘惑の眼差しというのは、それほど強く、あからさまなものだった。

(水を向けたら、すぐにも俺のベッドの中に潜り込んでくるだろう。俺は何の苦労もなく、彼を手に入れることができる)

そして、トレイスが拒めば、ロジャーは別の誰かを見つけに行く。もちろん、彼の相手をしたいと願う人間は後を絶たないはずだ。がっついた様子がないのを見れば、ロジャー自身もそれは判っているのだろう。

（ああ、どうしよう……）

トレイスの心は揺れた。自分の代わりに、どこかの馬の骨がおいしい思いをするのも業腹《ごうはら》だ。たとえ一夜だけの関係だとしても、ここは割り切って、ロジャーを引き止めるべきなのだろうか。

しかし、

（怖いのは、一度でも寝ちまったら、本当にロジャーのことを好きになってしまうかもしれない、ってことなんだよな）

絶対ないとは言い切れなかった。その点において、トレイスは自分を全く信用していない。彼は決して浮気性ではないのだが、惚れっぽいという自覚はある。素直で一途なトレイスは、一度心を許すと、転がり落ちるように相手を好きになっていってしまうのだ。そのあたりが『チョロイ奴』と軽んじられてしまう所以《ゆえん》なのだろう。

そんなトレイスの戸惑いを見透かしたように、ロジャーが聞いてきた。

「このあたりにいいホテルはあるかな？　キーウェストに到着したばかりで、どこも訪ねてないんだが」

のんびりと構えているロジャーに、トレイスは吹き出してしまった。

「ポーカーランの最中に予約なしで泊ろうって？　これだからヨソ者は……」

「考えが甘い？」

「甘すぎるね。イベントの最中は、このちっぽけな島に二万人以上が集まってくるんだぜ。どこのホテルもモーテルも三ヵ月前から予約でいっぱいさ」

事情を知って、ロジャーも苦笑を浮かべる。

「とすれば、今夜もベッドに辿り着くことはできないってわけか。参ったな……」

「そうか、昨日も……」

トレイスはロジャーが昨日もロクに身体を休めていないと言っていたことを思い出し、気の毒になる。そいて、深く考えもせずに申し出た。

「良かったら、うちに来る？　ソファなら空いているぜ」

「うおっ……うおっほん！」

アーニーがわざとらしく咳払いをした。

それを聞いて、トレイスはハッとする。また軽率な行動をしてしまったことに気づいたからだ。

（これじゃ、俺から誘っているみたいじゃないか）

後悔の念が胸を食《は》む。だが、トレイスは気づいてもいた。その心のどこかには、なんとしてもロジャーと別れたくないと思っている自分がいることを。

「本当に招待してくれるのか？」

ロジャーは嬉しそうな表情を浮かべている。構えたところのない爽《さわ》やかな笑顔は、彼の魅力を倍増させる効果を上げていた。そんな顔を見せられて、今さらダメだと言える人間はいない。

トレイスもまた前言を撤回するような真似はできなかった。

「ああ。どうせ一人だし、遠慮することなんて何もないよ」

これでもう後戻りはできなくなってしまった――トレイスは追い詰められたような気分になる。すでに、この夜の行方は目に見えていた。二人はトレイスの家に行き、彼のベッドの上でセックスをするだろう。それが良かったなら、もう一度。もしかしたら、ポーカーランの間中ずっと。

（一度きりってこともある。身体の相性がサイアクだったりして……）

もちろん、その可能性もあった。トレイスはロジャーという人間のことを全く知らない。彼がどんなキスをして、どんな愛撫を好むのかも判らなかった。それが自分の好みに合うのかどうかも。だから、いざ寝てみたら、予想と違って失望してしまうことだって大《おお》いにあり得るのだ。こうしてロジャーの端正な顔を眺め、頭の中で素晴らしい恋人ぶりを思い描いているだけの方が、よほど幸せだったという場合もある。

（ええい、先のことなんて知るもんか……！）

それでも、トレイスはこのまま突き進むしかなかった。ほとんどヤケっぱちだったかもしれない。

「あんたさえ良ければ、すぐに案内するけど。もう俺は充分呑んだから」

トレイスは言う。

ロジャーにも異存はなかった。

「よし、行こう。あんたは車？」

「自転車だよ」

それを聞いて、ロジャーは苦笑した。

「もしかして環境保護活動家だとか？」

「車は修理中なんだ。自然を守るのはやぶさかじゃないけどな。あんたのバイクに乗せてもらえるんなら、自転車はここに置いていくよ」

「判った」

立ち上がった二人の姿を見たアーニーが、カウンターの向こうで頭痛をこらえるように額に手を当てている。

トレイスはバツの悪そうな顔で、彼を見つめた。

(バカなことをして、って思ってるんだろうな。俺だって、そう思うもん)

今度ばかりはアーニーも呆れ果てて、匙《さじ》を投げてしまうかもしれなかった。トレイスはまた彼の親身な忠告に背《そむ》くようなことをしてしまうのだから。

（ごめん、アーニー。でも、今夜は一人で家に帰りたくないんだ。だから、ここに呑みにきた。けど、結局、正気をなくすほど酔っ払うこともできなくて……）

ロジャーを家に連れて行くのは、そのためなのだとトレイスは思った。彼の目的とロジャーの目的とは完全に一致している。どちらも肌の温もりを求めているという点で。

（こんな風に頭が冴《さ》えたまま、誰もいない家に帰って、寂しさや惨めさに打ちのめされるなんて我慢できない。だったら、ほんの一時でもいいから誰かに……誰でもいいから傍にいて欲しい。長い夜を独りぼっちで過ごすのは怖いんだ）

それが俺の弱さだと、トレイスは思った。

今までずっと、その弱さにつけ込まれてきたのだ。

自分自身がもっと強くならない限り、同じ失敗を繰り返すだろうことも判っている。

（判っているけど、簡単に直せるもんでもないよな、性格って）

トレイスは誰にも気づかれないほどの小さな溜め息を洩らすと、ゆっくりとカウンターから離れた。それから自分を咎《とが》めるように見つめている幼なじみに、軽く手を振る。

「また来るよ。おやすみ」

「トレイス、おまえ……」

アーニーは非難の言葉を並べ立てようとして口をモグモグさせていたが、今さら遅いと思い直したのだろう。その代わりに、彼は万感の思いを込めて告げた。

「せいぜい足元に気をつけろよ。今夜はちょっと酒がすぎたみたいだからな」

店の外へ出ると、ロジャーが聞いてきた。

「そんなに呑んでるのか？」

「どうして？」

「走っている途中で振り落としでもしたら大変だからな」

トレイスは笑い飛ばす。

「平気だよ。アーニーは大げさなんだ」

「それならいいが」

ロジャーはそう言って、一際美しく研かれたハーレーに歩み寄った。彼は自分の身なりには気を使わないようだが、愛車のコンディションには酷く敏感らしい。

トレイスはそのバイクを見て、溜め息のような声をあげる。

「ダイナ・グライドだ……！」

すばやくロジャーに並んだ彼は、そのフォルムに見惚れた。シルバーとブラックの完璧な融《ゆう》合《ごう》。正に『走る芸術』という名に相応しいバイクだ。エンジンからバッテリーカバー、ヘッドライトシェルにはクロムメッキが施されている。タンクとフェンダーは銀と黒のツートンカラーで、ゾクリとするほどのクールさを醸《かも》し出していた。

「もうロートルだぜ」

ロジャーの言葉に、トレイスは首を振る。

「古くなったって、いいものはいいよ」

長年、ポーカーランに参加する人々のバイクを見てきたトレイスだ。自然と目も肥《こ》えてくる。大会期間中は特注のカラーリングを施《ほどこ》したり、ありとあらゆるアクセサリーをつけたバイクが島中を走り回っているのが常だった。

そうした派手で華麗なバイクは多くの人の注目を集めるが、トレイスは好きにはなれない。『けれん味』が強すぎて、つい笑いたくなってしまうからだ。

（普段から舞台用のメイクをしている女みたいだもんな。それに比べて、こいつのシンプルで美しいことといったら……！）

トレイスはそっとタンクの上に手を置いた。指紋《しもん》がつくことさえ、恐れるように。

「本当にいいバイクだな。何だかんだ言って、あんたも大事にしているみたいだし」

「どうも」

ロジャーはニッコリして、シートを跨《また》ぐ。

「おっしゃる通り、何だかんだ言っても、俺もこいつのことは気に入ってるんだ」

鋼鉄の馬に腰掛けた彼の姿を見て、トレイスはまた心の中で密かに溜め息をついた。

そう、この『ダイナ・グライド』にごちゃごちゃとしたアクセサリーなど必要ない。

艶やかな黒皮のシートにロジャーが座るだけで、こんなにもゴージャスな絵面《えづら》になるのだから。まったくもって、彼は、そのバイクを乗りこなすために生まれてきた男のようだった。

（あるいは、このモデルが彼のためにデザインされたみたいだな）

トレイスは思った。ここに煙草の——特にラッキー・ストライクの宣伝部の連中がいたら、きっと涙を流さんばかりにして彼をスカウトするに違いないと。

「さあ、タンデムシートの乗り心地も試してくれ」

その言葉に従って、トレイスはロジャーの肩に手をついてバランスを取りながら、バイクに腰を下ろした。シートは長時間のツーリングにも耐えられるように設計されているため、座り心地は予想以上にいい。このますぐに家に帰ってしまうのがもったいないほどだった。

「どっちに行けばいい？」

「空港の方って判る？」

「ああ。通ってきた」

「じゃあ、まずはそっちに走ってくれ」

ロジャーの肩を摑んだままで、トレイスは言う。

すると、ロジャーは彼の手を強く引き、自分の胴を抱くようにさせた。

「あ……」

トレイスは指先を微かに戦慄《わなな》かせる。レザーベストの下は素肌だ。だが、躊躇ったのは一瞬だけで、彼はすぐにロジャーの固い腹部に掌《てのひら》を押しつける。それもまた予想以上に素晴らしい感触だった。

「ストレートなら平気かもしれないが、問題はカーブだ。そこで、あんたを振り落とすようなことになったら大変だからな」

ロジャーが首だけを巡らせて告げた。

トレイスは何も答えず、ロジャーの背に頬を押しつける。

それを合図とするように、二人を乗せたバイクは走り出した。

ポーカーランが行われるのは、毎年九月の第三週だった。

金曜の夜――つまり、明後日――から日曜日の正午にかけてポーカーのゲームが行われる。また、好事家《こうずか》のためのタトゥーコンテストや、ハーレーの新車を当てる籤引き《ラッフル》なども期間を通して開催されることになっていた。

大抵の人々は金曜日の昼あたりから集まり、日曜には帰途につくという日程でやって来るのだが、せっかくだからイベントの前後一週間くらい滞在して、のんびりしようという人も少なくない。

しかし、バイカーは海水浴などには興味がないので、せっかくリゾート地にきていても、することと言えば『スロッピー・ジョー』や『リックス』、『ラム・ランナーズ』などの酒場に集まって、浴びるほど酒を呑むくらいだった。

参加者のほとんどはポーカーが目的だが、中には自分のハーレーを見せびらかしたいだけの人間もいる。そうした輩は昼と言わず夜と言わず、耳を劈《つんざ》くような爆音を轟かせながら、公道を我がもの顔で走り回るのが常だった。

今夜も、すでに大会のオープニングを待ちかねたバイカーが通りに出ている。

（おお、いる、いる。気合が入りまくりだな）

トレイスは苦笑する。二十五周年とあって、参加者もいつもより多いのだろう。この時期にしては結構な台数だった。

「この賑《にぎ》やかさだ！　住民はたまらないな！」

風の音に負けまいとしてロジャーが叫ぶ。

トレイスも彼の耳元で叫び返した。

「もう慣れたよ！　四半世紀も続いてるイベントだぜ。どうしても我慢ならないヤツは、大会が始まる前にどこかにズラかってる！」

「賢明《けんめい》だな！」

デュヴァル通りから海岸へ向かうと、『サザンモストポイント』の前に出る。米国最南端の地を示すモニュメントだ。

そして、ここから沖合いに数十キロ行ったところに、社会主義の国キューバがある。

冷戦時代、キーウェストはソビエトと同盟を結ぶキューバと資本主義の牙城アメリカ合衆国との最前線だった。だが、一触即発《いっしょくそくはつ》の雰囲気はもう感じられない。島には海軍基地があり、軍用ヘリも飛んでいたりするが、緊迫感《きんぱくかん》はなかった。今ではそんな事件があったことさえ信じられない、穏やかな土地柄なのである。

（月明かりに照らし出されている、この海のように……）

トレイスは微笑んだ。そののんびりした島への愛を感じながら。

そのときだ。モニュメントの前でたむろしながら、手持ち無沙汰《ぶさた》な様子で煙草を吸っているバイカー達の脇を通りすぎようとしていたロジャーが、ふいにスピードを上げた。

悪い予感がして、トレイスはロジャーに声をかける。

「何でスピードなんか上げるんだよ？」

「トロトロ走ってると、エンジンが傷《いた》むからな」

言いながら、ロジャーはさらにスロットルを回した。

トレイスは慌てる。

「おい、止めろ、って……！」

途端にヴォンと吠えるエンジン音に刺激された男達が、サッと顔を上げるのがトレイスの眼に映った。剣呑《けんのん》な顔つき。髭《ひげ》に覆われた頬。隙間なく腕を彩る刺青《タトゥー》。一見して、あまりお近づきにはなりたくないタイプだ。彼らがバイクに駆け寄り、自分達の跡を追おうとしていることに気づいて、トレイスは青ざめた。

(ほら、言わんこっちゃない……!)

ハーレーは高価なバイクなので、自然とオーナー達の年齢も上がる。そのためポーカーランの参加者は滅多《めった》にケンカなどのトラブルを起こさないのだが、やはり血の気の多い輩も皆無ではないようだ。

「ロジャー、ヤバイよ。あいつら、追ってくる」

すると、怯えてグッとしがみついてくるトレイスの感触を楽しんでいるかのように、ロジャーが笑った。

「この場合、取るべき道は二つに一つだな」

「なに?」

「やみくもに逃げるか、あんたのナビつきで逃げるか——逃げ切れるかどうかは、また別として」

その呑気な言葉に頭にきたトレイスは、思わずロジャーの足を蹴《け》っていた。

「てっ……!」

「ふざけてる場合かよ! 俺は面倒に巻き込まれるなんてゴメンだ!」

ロジャーは肩を竦める。

「はい、はい。判りました。で、どっちに行けばいい？」

「右だ！　さっさと走れ！」

カーブを曲がり切ったところで、トレイスは背後を振り返った。すると、殺気立った男達が、しゃかりきになってついて来るのが見えた。どうやら本格的なチェイスが始まってしまったようだ。もう冗談では済まされない。捕まれば、ロジャーもトレイスも荒々しい歓迎を受けることになるだろう。

（真っすぐ逃げていちゃ、振り切れないな）

トレイスはそう判断して、細い道を選びながら彼らを捲《ま》くことにした。こういうときは土地勘がものを言う。

「そこを右……もう一度、右に入って……そこを左だ……そうしたらストレートの道だから、全開でブッ飛ばせ！」

「オーライ！」

トレイスの指示に従って、ロジャーがバイクを自分の手足のように操る。正にマシンと一体化した走りだ。

（ものすげースピードだっていうのに……）

トレイスはメーターを見なかった。何マイル出ているか確かめたら、身体から力が抜けてしまいそうだったからだ。

（店を出るなり、こんな酷い目に遭わされるなんて……ホントに危なっかしい男だな！）

サザンモストポイントでスピードを上げたとき、ロジャーは男達を挑発するつもりだったのだろうか。

あるいは、何の気なしにしたことが、たまたまそんな結果を招くことになってしまったのか。真相はトレイスにも判らない。

だが、いずれにしたって、ロジャーは今の状況を面白がっているようだった。追跡者が一人、また一人と脱落してゆくたびに、口笛を吹き、声をたてて軽やかに笑っている。

（こんなヤツ、連れて来るんじゃなかった）

トレイスは思った。せっかくの酔いも醒める思いだ。しかし、どんな後悔も先には立たない。こうなっては、トレイスにできることは一つだけだった。それは、ただひたすらロジャーの身体にしがみついていること──熱い彼の肌に触れていれば、少しは気が紛《まぎ》れる。

ごちゃごちゃした住宅街を駆けぬけ、再び海岸沿いのサウス・ルーズベルト通りに出てきたときには、二人を追跡するバイクの影はなくなっていた。

（助かった……）

ようやく生きた心地を取り戻し、ホッと息をついたトレイスに、ロジャーの声がかかる。

「そろそろ空港だ。ここからどっちに行く？」

「ええと、二本先の道を左に入って」

潟《かた》を渡り、こぢんまりとしたコンクハウスの並ぶ通りで、トレイスはバイクを停めさせた。

コンクハウスというのはフロリダ・キーズ独特の様式で建てられた一軒家のことで、一階にはポーチ、二階には居住区をぐるりと囲むように作られたテラスがある。一番の特徴は、屋根部に湿気を逃すための小さな窓が取りつけられていることだ。まあ、ヘリテージハウスの小型版と言えばいいだろうか。

「ここだよ」

バイクから降りようとしたトレイスは、地面に足をつくなり、よろめいてしまった。

「おっと……!」

そんな彼の腕を素早くロジャーが摑む。

「アーニーに言われたろ? 足元にご注意、って」

笑いかける彼を、トレイスは睨みつけた。

「誰かさんの運転が乱暴だったせいで、三半規管《さんはんきかん》がイカレたみたいだぜ」

「悪かった。確かにあれは俺の責任だ」

ロジャーは謝罪し、静かにトレイスを見つめた。

「それで、どうする?」

「それでって……何が?」

彼が何を言いたいのか判らなくて、トレイスは眉を寄せる。

「俺を泊める気はなくなったか、ってことだよ。もし、そうだとしても、俺もあんたを恨んだりしないけど」

トレイスは溜め息をつく。

「ここまで連れてきて、今さら帰れとは言わないよ」

ロジャーはニッコリする。

「良かった」

彼を見つめながら、自分は最後の選択をしたのだとトレイスは思った。これでもう、ロジャーを退《しりぞ》けるチャンスは二度とない。

(危ない遊びをしてるんだろうな……やっぱ)

心細さに襲われて、トレイスはそっと身を震わせる。

そんな彼の気持ちを知るよしもないロジャーはキーを抜くと、滑らかな動作でバイクを降り、トレイスの傍らに並んだ。

「あんたが心優しい男で助かったよ」

「そう？」

トレイスは俯いたまま、ぽつりと言った。

「俺はそんな自分にウンザリしてるけどね」

3

「狭いからって文句は言うなよ」

トレイスはミントグリーンに塗られた扉を引くと、ロジャーを中に招き入れた。

「文句だなんて、とんでもない」

ロジャーは蒼い瞳を輝かせて、あたりを見回す。

こぢんまりとしているが、清潔で過ごしやすそうな家だった。

入ってすぐのこの部屋は、居間兼客間といったところだろう。高い天井では飴色の羽根を持ったシーリングファンがゆっくりと回転して、部屋にこもった昼の熱気をかき回し、トレイスが次々と開け放ってゆく窓の方へ追いやっている。

部屋の中央には年月を感じさせる、褪色《たいしょく》したラタンの椅子とソファが、丸いガラスの小卓を取り囲むように置かれていた。本当なら、もっと大きなテーブルを置いた方がバランスがいいのだが、残念ながらそのスペースはなかったらしい。ティファニー調のステンドグラスのランプ。塗料の剝《は》げたヨットの置物。セピア色の人物が微笑む写真立て。この空間に新しいものがあるとすれば、それはステレオセットぐらいだ。

トレイスはそれに歩み寄り、ラジオをつけた。

独特のリズムラインを持つレゲエがスピーカーから流れ出す。

だが、トレイスの気分ではなかったようで、すぐにジャズのスタンダードナンバーを放送する局に変えてしまった。

『あの人は私を悲嘆に暮れさせるの……』

メロウな声の女性歌手が歌っている。

耳を傾けていたトレイスが聞いた。

「いいな。これって誰の曲だったっけ?」

「ジュリー・ロンドンだと思うけど」

ロジャーも好きな歌だ。うだるような夏の夕暮れ、ポーチに出した揺り椅子に座りながら聞くのにもってこいだった。あるいは、キーズの鬱蒼《うっそう》と茂るバニヤンツリーの葉陰に覆われるようにして建つ家で過ごす夜にも。

「いい家だな。買ったのか?」

ロジャーが言うと、トレイスは肩を竦めた。

「まさか。キーズの地価の高さを知ったら、あんたもブッたまげるぜ。ここは知り合いの別荘なんだ。来年の夏まで格安で借りられることになってる」

「それ以降は？」

「もっと狭い家を借りることになる」

「となると引っ越しか。ずっと居つける場所を探した方が面倒がないんじゃないか」

トレイスは苦笑した。

「なかなか気に入る物件がなくてね。いいなって思うと、目の玉が飛び出るほど家賃が高かったりするし」

「誰かとシェアすればいい」

「それも、なかなか気に入る相手がいないんだ」

トレイスは会話の間中、ソファから取り上げたクッションの形を整えては、また元の位置に戻すという行為を繰り返していた。

ロジャーはそこはかとない彼の緊張を感じる。その理由は判らなかったが。

「あんたはキーウェストで生まれたのか？」

「そう、三世代に渡る生粋《きっすい》のコンクさ」

耳慣れない言葉に、ロジャーは眉を寄せた。

「コンク？　どういう意味だ？」

「この辺で採れる貝だよ。コンク貝。キューバとかカリブ海の連中はラ・コンチャって呼ぶ」

トレイスは両手で大きさを示した。

「これぐらい……フットボールを二回りぐらい小さくした感じかな。貝殻の内側が綺麗なピンク色をしてるんだ。たまにしか見つからないけど、コンクから採れる真珠も、桃色の珊瑚《さんご》みたいな色になるよ」

「へえ、見てみたいな」

「真珠は無理だけど、貝殻だったら土産物屋で売ってるぜ。その身をフライやサラダにしたのがキーズの名物料理でね。そればっかり食べてたせいかは判らないけど、いつしか島の人間もコンクって呼ばれるようになったんだ」

ロジャーは興味を引かれて聞く。

「そのフライは美味《うま》いのか？」

「珍しいもんを食べたって話のタネになる程度かな。俺は嫌いだ。身が締まって固いから、顎が疲れる。同じ名物ならキーライムパイの方がいいよ」

ロジャーは頷いた。

「後で試してみよう。それより、三代も続いてるんなら、家族もこの島にいるんだろう？」

「あんたは質問ばかりだな」

トレイスは苦笑いを浮かべると、顎をしゃくるようにしてラタンのソファを示す。

「まずはそこに腰を落ち着けて、固いブーツを脱いで寛《くつろ》いだら？　俺は喉が渇いたよ。ビールでもどう？」

「いいね」

トレイスはラジオから流れてくるサラ・ヴォーンの曲を鼻歌で追いながら、猫のように優雅な足取りでキッチンに向かう。

ロジャーは彼の言葉に甘えて、きつく結ばれた紐を解くと、足にしがみつくブーツを苦心して脱ぎ捨てた。

「やれやれ……一人でスタイリッシュにブーツを脱げる方法を考え出したヤツがいたら、そいつは勲章もんだな」

そんな独り言を呟きながら、ひんやりとした板張りの床に素足を下ろしたロジャーは、望外の心地よさに溜め息をついた。踏み拉《しだ》かれたようなカーペットが敷かれているホテルのフロアとは全く違う、爽やかな感触だ。

(忘れかけてたな……)

これが家というものなのだろうとロジャーは思った。靴を放り出して、ゆったりとリラックスできる場所――そんな私的な空間に招かれたのも、彼にとっては久々のことだ。

やがて、トレイスがビールを手に戻ってきた。

「ほら……!」

トレイスはロジャーに缶を放ると、早速自分もプッシュアップのリングに指をかけ、飲み口を開ける。そして、ロジャーの向かいの椅子に腰を下ろすと、とんだ追走劇のせいで干上がった喉を潤した。

トレイスが一息つくのを見計らって、ロジャーは聞く。

「で、俺の質問の答えは？」

トレイスは呆れたような苦笑を浮かべたが、ちゃんと返事を寄越した。

「両親がいる。妹は結婚して、今はアトランタで暮らしてるよ」

「親との折り合いは？」

「すこぶる良好だね。少し前までは一緒に暮らしてたし」

「どうして家を出たんだ？」

「まあ、理由は色々だけど……プライバシーが欲しかった、ってことにしておこうか」

質問されてばかりでは面白くなかったのだろう。トレイスも問い返してきた。

「あんたはどこの生まれ？」

「ニューオーリンズ」

すると、トレイスはパッと顔を輝かせた。

「ジャズとブルースが蜜のように流れる街か。いいな」

「行ったことは？」

「まだだよ。でも、いつかきっと行く。できれば有名な告解火曜日《マルディグラ》の祭りのときにね。あんたは今でも住んでるの？」

ロジャーは首を振った。

「もう出てから、だいぶ経つな。それでもホームタウンはどこかと聞かれたら、俺はあの街の名を挙《あ》げるよ。樫《かし》の木とマグノリアの花。繊細なレースを思わせる練鉄《れんてつ》製のバルコニー。タクシーのバックミラーで揺れているヴードゥーの人形。カフェオレの色をしたミシシッピ・リヴァー。スパイスたっぷりのクレオール料理。優雅さと猥雑《わいざつ》さが見事に混合した街だ。あんな場所は世界に二つとない」

トレイスが微笑む。

「オーケー。あんたがニューオーリンズを愛しているのは、よく判ったよ」

「もちろん欠点もある。どう贔屓目《ひいきめ》に言っても、夏は地獄だ。川と沼から上る湿気で殺人的に蒸し暑くなる。酒でも浴びてなきゃやってられないよ。あの街がアメリカ一アルコール消費量が多いのは、過酷な気候のせいなんだ。住民が怠《なま》け者のアル中ばかりだからじゃない」

「通りにまで酒の名前をつけるような人々なのに？」

トレイスが悪戯《いたずら》っぽく言った。

ロジャーは人差し指を軽く振ってみせる。

「おまえさんの言ってるのは『バーボン・ストリート』だろ？　あれは酒のバーボンのことじゃない」

「え、違うの？」

「アングロサクソンが来る前に、かの地を統治《とうち》していたフランスの王家の名前だよ。フランス語読みだと〈ブルボン〉。それを英語読みにしてバーボン――確かに今じゃこっちの名前の方が相応しい通りだけどな」

トレイスは感心したような声をあげる。

「知らなかった。そうだったんだ」

「俺もフランス系だから、本当はロジェ。ロジェ・アントワーヌ・ジャン・ラフィット」

ロジャーは普段使わない喉の筋肉を動かし、フランス語独特の発音をしてみせる。

「御大層《ごたいそう》な名前だろ？　でも、発音しにくいからロジャーなんだ」

「ラフィット……」

その名を聞いて、トレイスは考え込むような表情を浮かべる。そして、次の瞬間、彼はポンと手を打った。

「そうか！　ラフィットって、あの『ジャン・ラフィット』のことか！　ハイスクールで習ったよ。このあたりの海を荒らし回ってた海賊のことだよな？」

「ご名答」

ロジャーはニッコリした。

「ウソかマコトか定かじゃないが、とにかく俺のウチは、あのキャプテンの子孫ってことになってるんだ。俺のヤマっ気が強いのも、その血筋かもしれない」

ジャン・ラフィットはニューオーリンズを根城にして、アメリカ南部やカリブ海に覇《は》を唱えた有名な海賊だ。そして、彼を討伐するために合衆国政府から派遣されてきたのが、後の大統領アンドリュー・ジャクソン将軍なのである。

トレイスが苦笑まじりに言った。

「ようやく判ったよ。俺の名字がジャクソンだから、宿敵かもって言ったんだな」

「そっちは将軍とは何の関わりもないのか？」

「残念ながら、広場の銅像になるような親戚はいないね」

「いやいや、我々にとっては幸いさ」

ロジャーは身を乗り出すと、トレイスの持っていた缶に自分のそれを軽く打ちつけた。

「これで心置きなく親交を深められる……だろう？」

トレイスはジッとロジャーを見つめた。

「あんたも似合いそうだな」

「何が？」

「世が世なら、きっとジョリー・ロジャー……髑髏《どくろ》の旗を揚げた船に乗っていたに違いないってことさ」

ロジャーはニヤリとする。

「いいな、それは。今度から、俺の名前はその旗から取ったってことにしよう」

海賊といえば野蛮さ、残忍さの象徴のようなものだが、ニューオーリンズの人々は、その存在にロマンのようなものを感じる。それもまたジャン・ラフィットの影響だった。

眉唾《まゆつば》ものの言い伝えとはいえ、彼の血を引いているということで、子供の頃のロジャーは友人達に酷く羨ましがられたものだ。

ロジャーは思う。

（もちろん、俺も悪い気はしなかったさ）

一度目にしたら忘れられないその美貌《びぼう》、立ち居振る舞いの優雅さ、そして天性のリーダーシップとカリスマ性を身に備えたジャンは、その荒っぽい職業にも拘《かかわ》らず、当時のニューオーリンズ市民のほとんどを味方につけていた。

おそらく誇《ほこ》り高いフランス系の住民にとって、後からやってきたくせに我がもの顔で振る舞うアングロサクソンの政府に楯突《たてつ》くジャンは、自由の象徴のようにも思えたのだろう。

（彼は単に『権威』と名のつくもの全てが嫌いだっただけかもしれないが……）

例の言い伝えが真実だとすれば、ロジャーこそはジャンの反逆の血を最も濃く受け継いだ子孫かもしれない。ロジャーも偉ぶった人間には虫酸《むしず》が走るし、自分を抑えつけようとする輩には、とことん抵抗せずにはいられない性格の持ち主だった。

「今を生きる何代目かのキャプテン・ラフィット。それで、あんたは何を掠奪《りゃくだつ》する？」

トレイスが聞いた。

ロジャーは思わせぶりに微笑む。

「そこにあることは確かだが、目には見えないものを」

「何だって？」

「ハートだよ。俺は礼儀正しい南部の紳士《しんし》だから、それ以外のものは盗まない」

ロジャーのキザな台詞《せりふ》に、トレイスは明るい褐色の瞳を大げさにグルリと回してみせた。

「南部の詐欺師の間違いじゃないの」

「酷いな。俺は正直さだけが取り柄の男だよ。ポーカーテーブル以外じゃね」

「どうだか……」

クスクス笑いながら時計に目をやったトレイスが、驚いたような声をあげる。

「もう、こんな時間か」

ロジャーも時計の針を確かめる。十二時を少し回ったところだった。

「良かったら、先にシャワーを使わないか？」

トレイスの勧めに、ロジャーは嬉しそうに微笑む。バイクに乗っていると、どうしても埃《ほこり》っぽくなってしまう。

「ハニー、それが今一番の望みだよ」

「誰がハニーだ。こっちに来いよ」

トレイスはロジャーを浴室に案内すると、タオルを手渡しながら言った。

「着替えは……いや、そもそも荷物を持ってないみたいだな」

「旅行は身軽で行くに限る。必要なものはこっちで揃えるつもりだったんだ」

「仕方ないな。じゃあ、俺のを貸してやるよ」

ロジャーはトレイスの頭の天辺から足の爪先まで見下ろした。

「ありがたいが、サイズが違いすぎるような気がする」

「バスローブなら平気だろ。洗面台の上に置いておくよ」

「何から何までありがとう」

ロジャーが礼を述べると、トレイスは肩を竦めた。

「手のかかる人間を世話するのは慣れてるんだ」

どういう意味なのか聞く前に、トレイスはさっさと踵《きびす》を返してしまう。ロジャーは片方の眉を上げげた。

(引っかかるな。たぶん、これまでつき合ってきた奴のことを指して言ったんだろうが……)

だが、一人であれこれ考えていても埒《らち》が明かなかった。

とりあえずは汗を流すことだと思い直して、ロジャーはバスルームの扉を潜り、ガラスの引き戸で仕切られたシャワーブースに入っていく。

キュッ、キュッと軋むフォーセットを捻ると、最初は水が降り注いできた。一瞬ヒヤッとしたが、気温が高いので飛びのくほどではない。そのまま我慢して浴びていると、やがて温かい湯が出てくる。熱すぎず、ぬるすぎず、ちょうどいい加減だ。

天然の海綿《スポンジ》にキーライムから作られたというバスバブルを垂らし、ロジャーは泡だらけになりながら身体を洗う。その爽やかな柑橘系の香りは、トレイスの身体から上り立っていたのと同じものだ。ミントを配合したトニックシャンプーで髪もさっぱりさせると、ロジャーはシャワーを止めて浴室から出る。だが、着替えが用意されているはずの洗面台の上は、まだ空っぽだった。

「トレイス！」

彼はどこに行ったのだろう。ロジャーが呼んでも、答える声はなかった。

「トレイス？」

「今、行く！」

二度目の呼びかけに、どこか遠くの方から返事が返ってきた。たぶん、二階にでも行っていたのだろう。ロジャーはラックにかかっていたバスタオルを腰に巻きつけて、トレイスを待つことにした。

「遅くなってごめん。これ……」

やがて姿を見せ、バスローブを差し出したトレイスの顔を見て、ロジャーはおや、と思う。

「どうした？」

「何が？」

「目が赤い。泣いてでもいたみたいに……」

ロジャーの言葉を聞いた途端、トレイスは顔を伏せていた。

そんな彼の仕草を目にすれば、ロジャーも気づかずにはいられない。

「本当に泣いてたのか。なんで？」

「俺も判らないよ」

トレイスは力なく笑った。

「今夜は何だか情緒不安定で……やっぱ、呑みすぎたのかな」

そこまで言うと、また込み上げてくるものがあったのだろう。トレイスは唇を噛み締め、肩を震わせた。

「大丈夫か？」

ロジャーは彼を抱き締めようとした。だが、トレイスはロジャーの腕を押さえると、やんわりと抱擁を拒む。

「もう平気。ちょっと切ない気分になっちまって……」

慰めをはねつけられたロジャーは不満の表情を浮かべたが、深追いはしなかった。大人しく身を退くと、洗面台のシンクの縁に寄りかかって、じっとトレイスを見つめる。彼が説明できるようになるまで。

しばらくして、トレイスが口を開いた。

「情けない話なんだ。あんたのためにバスローブを取りに行ったら、前につき合ってた男の服を見つけちゃってさ。そうしたら、色々なことを思い出して……」

「それで動揺したのか？」

「ああ」

ロジャーは首を傾げてトレイスの顔を覗き込むと、彼の機嫌を取り結ぶように言った。

「済まなかったな。あんたを泣かすぐらいだったら、俺がすっぽんぽんでいても良かったのに」

つい、そんなロジャーの姿を思い浮かべてしまい、トレイスは吹き出した。

「バカなことを……」

「そうかもしれないが、あんたの別れた男よりマシだ。俺には少なくともあんたを笑わせることができる」

「ああ……確かにね」

トレイスは目元に浮かんだ涙を拭い、顔を上げた。

ロジャーは手を伸ばすと、トレイスの額にかかる柔らかな金髪を優しく払ってやる。額を露にしたトレイスの面立ちは、少年のような繊細さを備えていた。

「だから、俺は『ソファ』なのか？　まだ、そいつのことが好き？」

「あんたは、本当に質問ばっかりだ」

トレイスが苦笑する。

「いけないか？」

ロジャーはトレイスの頬に触れた。温かく労《いたわ》るように。

「で、好きなのか？」

トレイスが唇を噛み締める。素直に「そうだ」と言ってしまいたい気持ちと、「違う」と否定してしまいたい気持ちが、彼の心の中でせめぎ合っているようだった。結局、その沈黙がロジャーに真実を告げてしまうのだが。

「忘れられないんだな？」

ロジャーの声に、トレイスはこくりと頷いた。

「……シェインって言うんだ。ここを出て行って一月になる。名前を口にするだけでも、まだ腸《はらわた》が煮え繰り返るほど憎いよ」

「でも、その一方で、戻ってきて欲しいとも思ってるんだろう？」

トレイスは弱々しい苦笑を浮かべる。

「あいつがそんなことするはずがないだろうし、俺もヨリを戻すつもりはない。ただ、なかなか気持ちの整理がつかなくて……」

そこでトレイスはひたとロジャーを見つめた。

「あんたをここに誘ったのは俺だ。その……ソファっていうのは口実で、もしかしたら、あんたとは寝ることになるかもしれないと思った」

ロジャーは口元を緩める。

「良かった。俺の出したサインは間違わずに受け取ってもらえたんだな」

トレイスもまた、自分の予測が間違っていなかったことにホッとした様子だった。彼はそのことに勇気づけられて、話を続ける。

「バスローブを取りに行くついでに、ベッドのシーツも新しいものに替えておこうと思ったんだ。そうしたら、クローゼットの中からヤツが置いていった服とかが出てきて……そんなときって、嫌でも持ち主の顔が頭の中に浮かび上がってくるだろう？」

「まあ、思い出すなという方が無理だろうな」

「うん。それでも何とか気を取り直して、ベッドメイクをしようとしたんだ。ところが、シーツを外そうとした途端、今度はあいつとセックスしたときのことが生々しく脳裏を過《よぎ》った。今夜はそこであんたと寝るんだなって思ったら……」

「不貞を犯しているような気分になったのか？」

ロジャーはずばりと核心をついた。

トレイスは躊躇いつつも認める。

「うん……不貞なんて言葉は強すぎるけど、まあ概《おおむ》ね、そんな感じ」

「何となく気持ちは判るような気がするけどな。でも……」

ロジャーは洗面台から離れると、自分を見上げるトレイスの頬を両手で挟んだ。

「シェインってヤツは、あんたの貞節に見合うだけの男なのか？」

顔を覗き込まれたトレイスは、眩しそうに何度も瞬きを繰り返す。

「ロジャー……」

「どうなんだ？」

「彼はもう俺のことなんか忘れて、楽しくやってるよ」

トレイスはその眼に浮かぶ傷心を隠そうとして、瞼《まぶた》を伏せた。

「これは俺の未練なんだ。俺だけのみっともない、ヘドが出るような執着だ。だけど、自分でもどうしようもない……」

一旦声を途切れさせたトレイスは、投げ遣りな笑みを浮かべた。

「ごめん。こんな辛気くさい話、ウンザリだろ？」

「いや、聞かせてもらって良かった」

「え……？」

ロジャーは、驚いたように自分を見るトレイスに笑いかける。

「これで誰に遠慮する必要もないってことが判ったからな」

ロジャーはトレイスを抱き寄せ、キスをしようとする。

「馬鹿なシェイン。だけど、俺は彼に感謝しないといけない。赤い眼をしたウサギさんは恋人だけに忠実だから、お相手がいる限り、俺みたいな狼の罠には引っかかってもくれない。そんなお堅いところもゾクゾクするけどね」

トレイスはぐんぐん近づいてくる唇から逃れようとして、慌てて首を反らした。

「ちょっ……ちょっと待て……よ……だから……俺はまだ……っ」

ロジャーは敢えて唇を追わずに、彼の頬に口づける。そして、身を強ばらせているトレイスの耳元で囁いた。

「もっと早く、誰かと一発ヤっておくべきだったな。そうすりゃ、いつまでもイジイジと昔の男のことを思って、泣いたりせずに済んだのに」

トレイスはカッとしてロジャーを突き飛ばそうとする。

「うるさい……っ」

だが、ロジャーの身体はビクともしなかった。

「放せよ！　やっぱり、おまえを連れてきたのが間違いだった……っ！」

「そうかい？」

ロジャーはいきり立つトレイスを面白がるように見つめていたが、やがて彼の後ろ髪を掴むと、それを思いきりグッと引いた。

「あ……」

トレイスが喉を露にして大きく仰け反る。

うっすらと開いた彼の唇に、ロジャーは悠々とキスをした。

「俺が忘れさせてやるよ、トレイス。シェインにはできないことをしてやる。そうすれば、ここにいない男の幻を追うことが、どれだけ馬鹿馬鹿しいことか、おまえにも判るだろう」

ロジャーのもう一方の手がトレイスの着ていたTシャツにかかると、いとも容易《たやす》くそれを引き裂いた。そうやって彼はトレイスを暴《あば》くのと同時に、その身にまとっていたソフトな物腰をスルリと脱ぎ捨てる。

「おまえが俺を連れてきたのは正解だった。こいつは俺にぴったりの役回りだ」

あっけにとられていたトレイスは、自分の胸に触れてくるロジャーの手の感触に、大きく身を震わせた。

「イ、イヤだ……！」

否定の言葉を口にしたトレイスを、ロジャーは構わず抱き上げる。

「確かにここではな」

そう、トレイスを抱くのに相応しい場所は他にある。何度も、何度も、シェインと身を重ねた場所――彼の寝台の上だ。そこでロジャーはたっぷりと教えてやらねばならない。今、彼を抱いているのが誰かということを。

（そうして、くだらない過去を封印してしまえばいいんだ）

ロジャーは目を見開いているトレイスに笑いかけ、そのまま大股で二階に上がってゆく。

「下ろせよ……！」

「しーっ。ご近所に迷惑だぞ」

「畜生！　俺に触んなっ！」

トレイスがあまりにも腕の中でじたばたと暴れるので、ロジャーは彼を落とさないようにするのに苦労した。

「大人しくしろ。お互い、階段からマッサカサマなんてのは御免だろうが」

「おまえが俺から手を離せばいいんだろっ！」

「離してやるけど、そいつはもっと平らな場所に行ってからだ」

階段を上りきったロジャーは、トレイスの寝室を探す。すぐにそれは見つかった。三つある部屋のうち、一番奥がそうだ。開け放たれたドアを潜ったロジャーは、トレイスの要望通り、彼をベッドの上に放り出す。

「わ……っ」

大きく弾《はず》んで、それからシーツの上に横たわったトレイスは、自分にのしかかろうとする男を両手で押し返そうとした。

「近寄るなったら……！」

ロジャーはトレイスの手首を握《にぎ》り締め、やすやすとシーツの上に押しつけた。

「乱暴にされるのが好きなのか？」

「あんたに抱かれたくないんだっ！」

度を失って叫ぶトレイスに、ロジャーはチッ、チッと舌を打つ。

「それが大いなる勘違いだよ、ハニー」

「だから、誰がハニーだ！　話を聞けよ、頼むから。本気で俺が嫌がってるのが、何で判らない？」

トレイスは途方に暮れたようだった。まるで迷子のような表情を浮かべている。

そんな彼にロジャーは笑いかけた。

「おまえさんは抱かれたくないんじゃなくて、抱かれるのが怖いだけだ。恋を失ったショックで、少し臆病風に吹かれてるだけなんだよ。心の傷にばかり目を奪われて、何もかもが愉しめない。また傷つけられるかもしれないと思うと、他に恋人を作る気にもなれないんだろう？」

「違う……っ」

「そうだ。シェインへの未練はそんな自分への言い訳にすぎない。彼を想ってるってことにすれば、独りぼっちでいる大義名分《たいぎめいぶん》ができるからな」

「違う……」

二度目の否定の声は絶え入るように小さかった。

ロジャーはトレイスの額や耳元、そして首筋に柔らかいキスを鏤《ちりば》める。

「一度や二度の失恋で全てを諦めるとは、何とも惜しいじゃないか。思い出せよ。コレは気持ちが良かっただろう？　どこぞの馬鹿野郎のために、どれだけ我慢すれば気が済むんだ？」

「……っ」

耳朶《じだ》を甘くしゃぶられて、トレイスはブルッと背筋を震わせる。

「足を開け」

ロジャーは命じた。だが、トレイスがまだ躊躇っているのを見て取ると、自分の膝を使って彼の両脚を押し広げる。

「ああ……」

トレイスは観念したような声をあげた。彼の膝にはほとんど力が入っていない。こうなってしまっては、ロジャーを止める手立てはないことが判ったからだろう。そして、彼自身の欲望を抑える手立ても。ぴったりと密着したロジャーの下腹には、触れられぬまま昂《たかぶ》ったトレイスの欲望の印が当たっていた。

「俺が欲しくない、トレイス？」

ロジャーは唆《そそのか》すように言う。

「おまえの望むことをしてやるよ。気持ち良くさせてあげる。久しぶりに何も考えられなくなるほど、セックスしてみるのもいいんじゃないか？」

「ロジャー……」

「気に入った相手と寝る。それだけのことだ。俺はおまえを傷つけないし、おまえから何も奪わない。怖がる必要なんてないんだ」

「どうすれば……それを信じられる?」

トレイスの顔には苦悩の色が浮かんでいた。彼は縋るようにロジャーを見つめ、掠れた声で問いかける。

「俺はあんたを知らないのに……」

「それは、お互い様だ。でも、おまえだって全く信用できない人間を自分の家には入れないだろうし、俺だってついて行くつもりはない。ただの勘かもしれないが、こいつなら大丈夫って思ったから、こうして一緒にいるんだ。そうだろう?」

ロジャーはトレイスを宥《なだ》めるように、そっとキスをした。

「だったら、その勘を信じろ。さっきも言ったが、俺はポーカーテーブル以外じゃ嘘はつかない。誰かを傷つけるような嘘はな」

ロジャーは思う。自分以外の誰かのことを、百パーセント完璧に理解できる人間はいない。五十パーセントだって難しいだろう。人とのつき合いは、目隠しされたまま手探りで道を探して行くようなものだ。

だから、基本的に相手に対する信頼がなければ、先に進むこともできないし、到底、望む場所に辿り着くこともできないのだ。人間は自分を信じてくれない相手を受け入れることはできない。他人に誠実さを求めるのなら、自らもそれを実践するべきだろう。

(裏切られた経験のある人間にとっては難しいことかもしれないが、それでも……)

黙って自分を見上げているトレイスに、ロジャーは聞いた。

「まだ、迷ってるのか？」

すると、トレイスは返事をする代わりに、ロジャーを押し退けようとしていた腕から力を抜く。そればかりか、しなやかな両脚でロジャーの胴を挟んだ。

「これはまた見事な変貌《へんぼう》だ」

ロジャーはトレイスに笑いかけ、彼の抵抗を封じていた手を離す。

トレイスは自由になった腕を上げると、ロジャーの頭を引き寄せた。

「俺が忘れさせてやるとか、御大層なことを言ってたけど……その腕前を見せてもらおうじゃないか」

ロジャーはトレイスの唇を舐めた。

「喜んで」

焦れたトレイスが舌を突き出す。

要望に応えて、ロジャーはそれに自分の舌を搦《から》めていった。

「ふ……」

ロジャーに舌の根が痺《しび》れるほど強く吸い上げられ、その後を労わるように舐められたトレイスが溜め息をつく。そして、彼は呆然としたように呟いた。

「認めるのは悔しいけど……巧いな」

ロジャーはもっともらしく頷く。

「ニューオーリンズ生まれの男の特技だ。たぶん、キスが大好きなフランス人の血が混ざっているからだろう」

深い口づけを繰り返しながら、ロジャーはトレイスの身体にしがみついていた服の残りを剝ぎとった。

「綺麗だな。水着の跡もない」

ロジャーがそう言うと、トレイスは忍び笑いを洩らす。

「つけないからな」

「水着を？」

「俺の勤めてるヨットクラブじゃ必要ない」

「仕事中、ずっと裸でいるのか？」

「そう」

一体、どんな職場だとロジャーは思った。

「そのクラブについての話は、ぜひ聞かせてもらわないとな」

トレイスは手短かに、なぜ『ドラゴン・フィッシュ』で働き出したかを説明した。手放さざるを得なかった父親のホテルのこと、客とキャビンボーイ達との関係も。

身の上話が終わってから、ロジャーは聞いた。

「それで、おまえは一度も客の誘いに乗ったことがないのか？　本当に？」

「ああ」

「お堅いお姫様だって思われてるだろうな」

トレイスは肩を竦めた。

「この世には、金じゃ買えないものだってあるんだよ」

「ふむ……百万ドルでも？」

「一千万ドルでもね」

ロジャーはトレイスの胸の中心を弄りながら言う。

「それだけありゃ、差し押えられたホテルを取り戻せるぜ」

トレイスは胸元から拡がってゆく快感に頬を染めた。

「それだけの金を……ポーンと出せるような客は……うちのクラブには来ないね……自分……でヨットを持ってるからさ」

「ポーカーランの優勝者なら大金持ちだぞ」

トレイスがうっすらと笑みを浮かべる。

「あ……誘惑するなよ……ベガスのキング達を捜しに……行きたくな……るじゃないか」

「そして、俺から乗り換える？」

ロジャーは悪戯っぽい目つきをした。

「だめだ。今さら、そいつは御免こうむるな」

長いロジャーの指先は禁欲を続けてきたトレイスの身体を暴き立て、次々と炎を灯してゆく。

「あっ……あっ」

扱《しご》き立てるようにしてロジャーがファルスを愛撫すると、トレイスは仰け反りながら強い歓びを訴えた。熱を帯びた吐息が彼の唇を飾り、悲しみによるものではない涙が滲み、長い睫毛を濡らす。トレイスは感じやすかった。とても。

（面白いほど反応するな）

ロジャーもそんなトレイスに夢中になる。尽くしてもらうのも悪くはないが、ロジャーは相手をとことん可愛がるのが好きだった。自分の愛撫に応えて、気持ち良さそうな顔をしている姿を見ると、してやったりという満足感を味わえるからだ。

だが、ロジャーも意外だったことに、トレイスもまた受け取るばかりでは物足りなさを感じる性分《しょうぶん》らしかった。

「ロ……ジャー……俺にもさせて……」

トレイスはシーツを摑んでいた手を自分とロジャーの腹部の間に差し込んだ。そして、互いに触れ合うことで半ば猛ったロジャーのファルスを、両の掌でそっと押し包む。

「その体勢じゃ、やりにくいだろう」

ロジャーは苦笑すると、トレイスの背を抱き起こし、自分と向かい合うようにして座らせた。

「さあ、好きにしていいぞ」

ロジャーのブルーの瞳に見つめられると、トレイスは首筋まで赤くなる。だが、恥ずかしさを感じているからといって、彼が消極的になったわけではない。ロジャーが唇をゆっくりと近づけると、トレイスは自ら口を開いて彼を受け入れた。

そうして二人は濃厚な口づけを交わしながら、お互いの欲望の源を探り、可愛がることに専念する。

「は……あ……」

濡れた舌が触れ合ってたつ音に、先走りを滲ませたファルスを擦《こす》り上げる指の音が重なった。

乱れた吐息が交錯し、あえかな喘ぎがそれに彩りを添える。

唇を離すと、トレイスはロジャーの肩に額を預け、ロジャーはトレイスの髪に顔を埋めるようにして、互いの身体を支え合った。

「気持ちいい……」

トレイスはその親密な行為が気に入ったようだ。

「おまえがイくところが見たいな」

ロジャーはトレイスの先端を爪の先で突《つつ》きながら、耳元で囁く。

「でも……あっ……それ……じゃ……っ」

鋭い快感に襲われたトレイスは、なかなか言葉を結べない。

だが、ロジャーは彼の気持ちを汲み取った。トレイスは自分一人が極めては悪いと思っているのだ。

「いいよ。俺を気にすることはない」

ロジャーはトレイスの胸を押して再びベッドの上に寝かせると、しどけなく開いた彼の脚の間に顔を埋める。そうして、昂ったトレイスの果実に口づけた。

「ああっ」

熱気を帯びたロジャーの唇が敏感になったトレイスの肌の上を滑り、所々に鬱血《うっけつ》の痕を残しながら、これでもかというほど責め立てる。

舌はといえば、それ自体が生き物のように自在な動きを見せて、慄《おのの》くトレイスの中心を甘く、優しくいたぶり続ける。

「や……もう……も……う……っ」

腰をくねらせ、四肢を突っ張らせ、それでもこらえきれないほど強い性感に襲われたトレイスは、悲鳴のような声をあげてロジャーに訴えた。もう、これ以上は保《も》たないと。

ロジャーは顔を上げ、それから熟して震えるファルスに手を添える。

「イきたい？」

トレイスは何度も頷いた。その間も淫らに腰を突き上げながら。

ロジャーが軽く揉みしだくと、本当に追い詰められていた彼はアッという間に果ててしまう。

「あ……あっ」

白濁したトレイスの欲望の雫が、ロジャーの首筋から胸元にかけて飛び散る。反射的に瞬きをした彼は、自分の身体に目を落として微笑んだ。

(してやったり、だ)

ややして快楽の頂《いただき》をやり過ごしたトレイスが瞼を上げる。彼はロジャーの姿を見た途端、酷く狼狽《うろた》えたように言った。

「ごめん」

「何が?」

「汚しちゃって……」

「ああ」

ロジャーは得心《とくしん》がいったように頷く。

「見たいって言ったのは俺だ。当然、こうなるのも承知の上だよ」

「だったら、いいけど……」

ホッとしたようなトレイスの額に、ロジャーは自分のそれを押しつけた。何て彼は可愛いのだろう。

「お堅い上に抑圧されてるんだな。もっと好きなように振る舞えばいいのに」

「好きなようにって……例えば?」

「思いつくままに、いやらしい言葉を言ってみるとか」

トレイスは眉を寄せる。

「ファック・ミーとか、サック・ミーとか？」

「やれやれ、これだから武骨《ぶこつ》なアングロサクソンは……」

ロジャーは苦笑すると、トレイスにキスをしながら言う。

「俺は心臓の音に合わせて脈打つおまえを見ていた。慎ましげな口からこらえきれずに精液を滴らせて……啜《すす》り上げても、後から後から滲んでくる。まるでおねだりをするみたいに。そこに舌を差し伸べても、唇みたいに滑り込むことはかなわない。俺にできるのはただ入口をくすぐるだけだ。甘いボンボンを舐めるように舌を翻して、行ったり、来たり……おまえはそれがとても気に入ったようだった」

ゆったりとして少し掠れたロジャーの声を聞いているうちに、再びトレイスは催《もよお》してきたらしい。ざわつく下腹を抑えようとして腿を擦りつけ、身を捩る仕草を繰り返す。それが、どんなに扇情的なポーズなのか、考えもせずに。

「腰がうねって、脚が大きく開く。すると、その奥にもう一つの口が覗いた。俺はふと考える。こっちなら悪戯のしがいがあるかもしれない。細く尖らせた舌先で位置を確かめ、深く突き刺す。まるで俺のアレみたいに……でも、柔らかい舌なら、もっと優しく、淫らに犯すことができる。きっと、おまえも気に入るだろうと思った」

ロジャーはそのブルーの眼で、そして頭の中で、すでにトレイスをたっぷりと玩《もてあそ》んでいたことを告白する。

トレイスもまたそんな目に遭わされている自分の姿を思い描いてしまい、居たたまれないような表情を浮かべた。ひたすらロジャーの愛撫に夢中になっていた自分の無防備さが、急に恥ずかしくなってしまったに違いない。

「いやらしい男だな……」

トレイスが思わず口走ると、ロジャーは低く笑った。

「当たり前だ。わざわざ、いやらしい話を聞かせようって思ってるんだから。そろそろおまえも開放的な気分になってきたか？」

「誰が……！」

トレイスはそっぽを向く。彼の気持ちはどうしても、その身体ほど素直にはなれないようだ。

だが、ロジャーは気にしなかった。

「じゃ、もう少し続けてみようか。俺は実際に試してみようと思った。微かに息づく蕾《つぼみ》まで舌を伸ばして……あれは触れるか、触れないかのタイミングだった。そのとき、何とも残念なことに、おまえが悲鳴をあげたんだ」

ふいにロジャーは女の悲鳴のような声を放つ。

「いやっ、わたし、もう、ダメ……ッ！」

「ウソだ！　そんな変な声は出さなかったぞ！」

トレイスが真っ赤になって抗議する。

「お、俺はそんなこと言わなかったっ！」

「判ってる。今のはちょっとした創作だ」

ロジャーは宥めるように彼の唇に自分のそれを押しつけ、言葉を継いだ。

「そこで俺は顔を離して、当初の目的を果たすことにした。固く張り詰めたおまえを自分の顔の方に向けて、絶頂の瞬間を目に灼きつけようとしたんだ。ところが、いざそのときになったら、とっさに目をつぶっちまった。じっくり見ようとしたのは初めてだが、ありゃ、おっそろしい速さだな。そして気づけば、もう一度温かいシャワーを浴びていたというわけだ。まあ、なかなか興味深い体験だったよ」

トレイスはまだ血の上った顔でロジャーを睨みつける。

「あんたのお喋りは、もう充分だ」

ロジャーが肩を竦めた。

「じゃ、何がお望みで？」

「黙ってろ」

ぞんざいに言い放ったトレイスが何をしたのか。彼は半ば微睡《まどろ》んでいるロジャーのファルスを摑むと、自分の後庭に導いたのだ。

「これはまた、大胆な……」

ロジャーが感じ入ったように呟く。トレイスの積極的な態度に、彼もまた昂った。

トレイスは先ほどのようにロジャーの胴をすんなりとした脚で挟む。それから彼はロジャーの頭を引き寄せ、情熱的にキスをしてから囁いた。

「焚きつけたのはあんただからな……責任を取れよ」

言われるまでもないことだった。ロジャーは導かれるまま、トレイスの中に潜り込んでゆく。

「く……」

久しぶりの圧迫感なのだろう。トレイスが切なく喘いだ。

だが、ロジャーも容赦《ようしゃ》はしなかった。欲しがったのはそっちだと言わんばかりの強引さで、自分の全てをトレイスの中に収め、解き放たれた獣のような激しさで動き始める。

「あっ……あっ……あっ」

揺さぶられるたびに、トレイスは切迫《せっぱく》した喘ぎを放った。

ロジャーの乱暴な動きが、彼の肉体に忘れかけていた感覚を叩き込む。そう、これがセックスの歓びというもの——この息もできないような荒々しい衝動なくして、人生を送っていくなんてつまらないだろう、と。

「ロジャ……ロ……ジャー……」

トレイスは譫言《うわごと》のように名前を呟きながら、自分に突き入れてくるロジャーをギュッと締め

つけた。

「そうだ……もっと力を込めてみろ」

ロジャーが低く笑う。

狭《せば》まった粘膜をファルスが貫く感触——それが生み出す深い快楽に全身を震わせ、ときどき意識を遠退かせながらも、トレイスはよくロジャーに応えた。彼は決して愛撫を受けとめるだけの人形にはならない。彼もまた積極的にロジャーを歓ばせたいと思っているからだ。

「ん……ん……っ」

挿入されたことで勃ち上ったトレイスを、ロジャーの手が握り締める。

「ああっ」

さらに甘い悦楽が拡がり、トレイスはベッドの上でのたうった。乱れたシーツの上に、彼の淡いブロンドが散らばる。

ロジャーはその髪をもう一方の手で梳《す》いた。まるで、愛おしくてたまらないというように。

「すごく、いいぜ……トレイス」

「っ……え……え……っ」

そんな彼の優しさが、トレイスの心の琴線《きんせん》を強くかき鳴らしたのだろう。次の瞬間、彼は掠れた悲鳴をあげると、抑えきれない鳴咽を洩らした。

ロジャーはそんなトレイスにキスをしながら、かつてない深みを抉《えぐ》る。

「あ――――」

目眩くような高みに放り出されて、トレイスは大きく仰け反った。下腹部がどくっと波打ち、弾ける。さっき、イったばかりだというのに……。

そして、ロジャーも火照ったトレイスの中に自分の欲望を注ぎ込んだ。

「……っ」

あますところなくトレイスを征服して、ロジャーは鳥肌が立つような快感に身を委ねる。嵐のような絶頂感に圧倒され、トレイスの胸の上に頽《くず》れると、激しく脈動する心臓の音に耳を傾けた。自分のそれとほぼ同じテンポで波打つビートに。ロジャーは微笑む。死にかけていた魂が新たなエネルギーを得て、再び生き生きと活動し始めたようだ。

「なあ、今、シェインがここにいるとしたら、何て言う？」

しばらく休んだ後、ロジャーは眠そうな顔を上げて聞いた。

トレイスが目をつぶったまま答える。

「ファック・ユー」

あからさまな卑語を耳にして、ロジャーは溜め息をついた。

「やれやれ、一向に語彙《ごい》が増えないな、ミスター・ジャクソン。もしかして、おさらいをしたいのか？」

瞳を開けたトレイスが、少年のような無邪気な顔で聞いた。

「だとしたら？」

ロジャーは苦笑すると、まだ温かいものに濡れた下腹に手を伸ばす。

「なんて、いやらしい男なんだ」

トレイスはにっこりと微笑むと、自分から足を開いて、その手を待ち受けた。

「あんたにぴったりの相手だろ？」

もちろん、ロジャーに異論はなかった。

4

背中に人の温もりを感じるのが、こんなにも快《こころよ》かったということを、トレイスは忘れかけていた。彼は閉じていた瞼を上げて、闇の中を見つめる。

（ロジャーはどんな顔をして眠っているのかな？）

規則正しい呼吸音が耳に届く。トレイスは振り向いてロジャーを見つめたいと思ったが、そうすることで相手を起こしてしまうのも気が引けた。

夜目に慣れてくると、色々なものが見えてくる。

窓から差し込む月明かりが、床に生み出す淡い葉陰。

壁を飾る、色褪《あ》せたドルフィンズのペナント。

壁に沿って置かれた机の上に並ぶ木彫りの熱帯魚。

ペンキだらけになりながら塗り直したクローゼットの白い扉。

（俺の部屋だ。知り尽くした風景のはずなのに……）

それが、今夜はなぜか見知らぬ人の部屋のようにも感じられる。第三者のように『ああ、俺はこんな部屋に住んでいるのか』と思ったりもした。

(普段、意識なんてしないからなあ)

トレイスは苦笑する。

人間、そこにあって当然と思うものに注意は払わない。ましてやトレイスの心は全く別のことに捉われていたのだから、自分の部屋の様子などに構っている余裕はなかったのだろう。

(だけど、今は不思議なほど穏やかな気持ちだ。落ち着いて、自分の周りのことを確かめることができる気がする)

原因は判っていた。ついにトレイスは、シェインとの関係に終止符《しゅうしふ》が打たれたのを認めることができたのだ。ロジャーの情熱的な抱擁は、自分を無造作に捨てていった薄情な恋人に対する未練を、鮮やかに断ち切ってくれた。ここにいない男のことを想い続ける虚しさを、たっぷりと思い知らせてくれたのである。

(それもロジャーの強引さの賜物だな。彼が迫ってくれなきゃ、きっと俺は今でもシェインの服なんかを見つめて、さめざめと泣いていたに違いない)

確かに、ロジャーの言うように、トレイスは誰かと新しい関係を持つことに躊躇いを抱いていた。ズタズタになった心を癒そうとしている最中に、また、その傷を拡げるような真似をしたくなかったのだ。

（なんて、臆病な俺……！）

かといって、貝のように自分の殻の中に閉じこもり、修道士のように世間から隔絶《かくぜつ》して過ごすには、まだあまりにも若すぎる。

トレイスははっきりと意識しないまま、孤独という名の牢獄から連れ出してくれる人を求めていたのかもしれない。昔話に出てくる姫君達のように、自分からは行動を起こさずに……。

トレイスは口元を微かな苦笑で飾った。

（すると、俺のは臆病っていうより、女々しいのかもしれないな）

待っているだけなら、それ以上、傷つくことはなかった。

それに、大っぴらに自分の置かれた苦境を訴え、悲嘆に暮れることにはナルシスティックな喜びがある。

トレイスは渋々《しぶしぶ》、認めた。彼が失恋するたびにアーニーの店に駆け込んで行くのは、これからのことを相談するためではない。アーニーに慰められ、おまえは悪くないよと言って欲しいだけなのだ。

（まるで、ぬるま湯のような優しさだ。でも、そこに浸っているだけじゃ、何の進歩もない）

トレイスはもう気づいてしまった。これまで彼のいた牢獄にはカギなどかかっていない。彼を閉じ込めていたのは、自分自身の怯懦《きょうだ》なのだということを。

そして、それを教えてくれたのがロジャーだった。彼はトレイスに手を差し伸べて、「そこから出ておいで」と言った。一方的に救い出すのではなく、トレイス自身の行動を促してくれたのだ。

トレイスはロジャーの手を取ることによって、いじけてしまった勇気を奮いたたせることができた。蹲《うずくま》っていることを止めて、前へ、前へと進もうとする気になれたのだ。

導かれるまま、トレイスは自分の手で殻を突き破り、久しぶりに外の世界に触れた。

(止まっていた時が、その瞬間、また動き出したみたいだったな)

頑《かたく》なに閉ざしてきた瞼を再び開けたとき、トレイスは軽い驚きに包まれた。その視界に飛び込んでくるもの全てが新鮮に思われ、それまで知らなかったニュアンスを孕《はら》んでいるように見えたからだ。見慣れた自分の部屋にさえ、全く違った表情を感じるように。それは眼を覆い隠していたフィルターが剝がれ落ち、物事の真の姿が見えるようになったような不思議な感覚だった。

(今までいかに自分の感受性を蔑《ないがし》ろにしてきたかってことだよな)

石のように心を堅く閉ざしていると、外からの刺激にも鈍感になるから、感覚も退化していってしまう。どんなに素晴らしい世界でも、曇った瞳で眺めていれば、その美しさを知ることはできない。全ては気の持ちようなのだとトレイスは思った。心がけ次第で、その人の世界は明るく輝きもし、暗く陰りもする。

(後ろ向きで、鬱屈《うっくつ》しっぱなしだった俺は、あやうく退屈で無味乾燥《むみかんそう》な人生を送るところだっ

た。そんな風にならなくて本当に助かったな）

トレイスは改めてポジティブな心を持ち続けることの重要さを思った。

欲しいと願っているものを、指一本動かさずに獲得することは難しい。

どうしても必要ならば、積極的に手を伸ばさなければならないのだ。遠慮したり、躊躇っていては自分の傍らを擦り抜けていってしまうものもある。

（ロジャーの体温が俺に教えてくれた）

自分の腰にゆったりと回されたロジャーの腕に、トレイスはそっと手を置く。

愛情と愛欲は重なり合う部分もあるが、決してイコールではない。

そして、人は愛情を讃えても、肉の欲望は軽視し、貶《おとし》める傾向がある。

だが、トレイスにとっては、その二つは同じぐらい重要なものだった。

（ロジャーに抱き締められたとき、俺はどんなにそれに飢えていたかを思い知らされたんだ）

そう、ぴったりと密着したロジャーの下腹を意識した途端、トレイスは自分でも恥ずかしくなるほどの欲望を感じた。チラリとシェインのことが頭を過ったけれど、ロジャーを求める気持ちを消すことは不可能になっていたのだ。

（死ぬほど彼が欲しかった。たぶん、アーニーの店で初めて顔を合わせたときから、そう思っていたんだろう。眼を見交わした瞬間には、もう好きになっていたのかもしれない。だけど、俺は急激にロジャーの方へ傾いていく自分の気持ちが怖くて、それを認めたくなかったんだ）

だが、トレイスの肉体はもっと正直だった。それはロジャーが差し出す贈り物を喜び、素直に受けとめた。素敵なキスやゾクゾクするような愛撫を、どれだけ待ち望んでいたことだろう。そして、身体の奥底から湧き上がる強い快感を、トレイスの心も無視し続けることはできなくなっていった。

(本気で拒否すれば、たぶんロジャーは引き下がった。俺と違って、彼は飢えちゃいなかったんだから……)

だが、そのときにはもう、ロジャーをはねつけて永遠に彼を失うぐらいなら、死んだ方がマシだというような気分になっていた。トレイスはたとえ一時でも、ロジャーを自分だけのものにしたという実感が欲しかった。

『気に入った男と寝る。それだけのことだ』

ロジャーはそう言った。

トレイスが自分から彼に身を寄せていったのも、その考えを受け入れる気になったからだ。

(俺はロジャーのことが好きだから寝る。このまま彼のことを知らずに、行かせてしまうのが嫌だから)

常に恋人との永続的な関係を望んできたトレイスにとって、ロジャーとベッドを共にすることは一種の賭けのようなものだった。愛の言葉も求めず、相手を引き止めるような行動を慎んで、ただ流れのままに身を任せる——それに不安を感じないと言えば、嘘になるだろう。

だが、トレイスは敢えて賭けに身を投じた。ロジャーには今までと違ったアプローチをしたくなったのだ。

（ロジャーは俺から何も奪わない。口先ばかりの甘い約束もしていないし、させない。だから、彼が俺を騙《だま》すこともない）

トレイスはロジャーに何の見返りも求めず、ただ彼を愛そうと思った。それが一番難しいということは判っている。しかし、最後までそうすることができたなら、自分も大きく変われそうな気がした。ずっと、ずっと強い自分になれそうな気がしたのだ。

（いつかは、どこかに行ってしまう男だ。それはもう知ってるから、甘い期待なんか抱かない。別れが来れば絶対に彼と関係したことを後悔するだろうけど、そいつも覚悟の上だ）

トレイスはロジャーを起こさないように注意を払いながら、静かに寝返りを打った。そして、穏やかな表情で眠りについている男の顔を見つめる。これからトレイスが一心に、他のことは何も考えられなくなるほど愛そうとしている男の顔だ。

（相手にとって不足はないな）

大胆で、陽気で、美しいロジャー――トレイスは微笑む。シェインとの思い出に終止符を打ってくれたのが彼で、本当に良かった。

「眠れないのか？」

そのとき、ふいにロジャーが声をあげたので、トレイスは心臓が止まりそうなほど驚いた。

「お……起きてたのか？」

「いや、ぐっすりだったよ。でも……」

ロジャーはトレイスの背に腕を回し、自分の方に引き寄せた。

「瞼を貫き通すような強い視線を感じてね」

彼はトレイスがずっと眺めていたことを知っていたのだ。トレイスはあたりが暗いことに感謝した。もし、明るかったら真っ赤になった顔を、ロジャーに見られてしまっただろう。

窓から吹き込む風が、カーテンの裾を躍らせていた。

それを見て、ロジャーが呟く。

「さすがに夜になると、涼しい風が吹いてくるな」

「うん、いい気持ちだ。エアコンだとこうはいかない」

「もしかして、冷房機は置いてないとか？」

「あるよ。俺が使わないだけだ。体温調節は自然に任せてる」

「健康的だな」

「暑いのか？　だったら、冷房を入れて……」

起き上がろうとするトレイスを、ロジャーが押し留めた。

「いいよ。湿気がないから、不快さも感じない」

「そんな風にくっついてると、汗ばんでくるぜ」

「それはいいんだ」

ロジャーはトレイスの背中を撫で下ろす。

「そんな風にして濡れるのは嫌いじゃない」

掌を絹の表面に滑らせるような優しいタッチが心地よかった。トレイスは感じ入った溜め息をつく。ロジャーは愛撫を惜しまない。そこもファック一辺倒だったシェインとは違うところだ。シェインは相手の快楽など、知ったことではなかったらしい。だが、それでもトレイスは我慢した。シェインが一緒にいてくれるなら、どんなことでも我慢しただろう。

（でも、ロジャーにはそんなことしなくてもいいんだ）

まあ、別の意味の我慢は必要だったが——そう考えて、トレイスはまた少し頬を赤くした。ロジャーがトレイスに与える快感はあまりにも鋭いので、途中で彼は音《ね》をあげてしまいそうになるのだ。

（する前に心配してたことは、ただの杞憂《きゆう》に終わったな）

二人の身体の相性は抜群だった。

トレイスにとって出会ったばかりのロジャーは、あんなに愛したシェインよりも良かったのだ。

（まったく、皮肉《ひにく》なことに……）

ロジャーの首筋に顔を埋めながら、トレイスは苦い笑みを浮かべた。人間の感覚というのは、どうしてこうも複雑なのだろう。

ロジャーはトレイスを愛しているわけではなかった。それでも欲情はするし、その方がより快楽を貪りやすいということはあるかもしれない。おそらく、ロジャーは今の状態に満足しているだろう。彼の方にはトレイスとの関係をさらに深めようという気はないようだし、またその必要性もないはずだ。

トレイスは唇を噛み締めた。

(彼が心から愛した人々が羨ましい……どうして、ロジャーは俺の恋人じゃないんだろう)

ロジャーには何も求めないと決心したはずのトレイスだったが、やはり振り向いて欲しいという気持ちを、完全に圧《お》し殺すことはできなかった。

好きという気持ちは貪欲《どんよく》だ。

与えられるものなら全て欲しい。

なかなか与えられないものは奪ってでも欲しい。

その望みには底がなかった。だから、一度堕ちたら、這い上がってくるのは難しいのだろう。

(肉体が満たされたら、次は精神的な充足を求めたくなる。決して満足しないのが、人間っていう生き物なのかもしれない)

人の胸には生まれつき、眼には見えない穴が開いているのではないかと、トレイスは思った。

その大きさは多種多様、何によって埋まるのかもバラバラだ。そして、誰もがそれを塞ごうとして、必死に栓《せん》になるものを捜している。

　ある人にとってはそれは名誉であったり、金銭だったりした。

　中には食べることでそれを満たそうとしたり、敢えて食べないという意志で欠落感を凌駕《りょうが》しようとする人々もいるだろう。

　あるいはトレイスのように、愛情だけがそれを埋めることができると信じる人も少なくないはずだ。

（自分が愛した分だけ、愛してもらえたらいいのに……）

　本当にそうだったら、どれだけいいだろうか。トレイスは祈るように思った。だが、実際には恋愛ほどアンフェアなものもない。片想いの苦しさを味わってきたトレイスは、それをよく知っていた。

（ああ、もう考えるのはよせ。また落ち込んでくるから……）

　トレイスは自分に言い聞かせる。そう、彼が考えるべきはどうしたら愛を手に入れられるかではなく、どうやってロジャーを愛するかだった。

「今度こそ眠くなった？」

　じっとして動かないトレイスに、ロジャーが声をかけてくる。

　トレイスは首を振った。

「じゃあ、何を考えてる？」

「今日は仕事を休もうかな、って」

トレイスは顔を上げると、淡い月の光が照らし出すロジャーの瞳に視線を合わせる。さすがに闇の中では、あの鮮やかな紺碧を見ることはできない。だが、代わりにロジャーが愛するハーレーのクロムのような銀色の光が、トレイスの眼を射た。

「休むって、俺のために？」

ロジャーがトレイスの頬に張りついた髪をそっと払う。

「まさか。こんな寝不足じゃ、まともに働けないからさ」

「そいつは俺のせいかな？」

「そうだよ。多少は俺にも責任はあるけど」

トレイスは首を擡《もた》げると、ロジャーの唇にキスをした。

「ポーカーランが始まってなくてよかったな。もし、始まってたら、あんたも頭がボーッとしたままテーブルにつくハメになってたぜ」

ロジャーはもっともらしい顔で言う。

「男の場合、セックスは集中力を削《そ》ぐからな。そういえば昔、ポーカー選手権の最中にどうしても……とせがまれて、ガールフレンドとヤッた男がいた」

トレイスはクスクス笑う。

「話の流れからすると、負けたんだろうな、そいつ」

「ああ、だが、彼が一緒に戦っていた奴らに、一種の驚異《ワンダー》を感じさせたことは間違いない」

「そのワンダーって、『不思議だ』って意味合い？　それとも単に『驚いた』だけ？」

「どっちもだよ。何といっても、あのハードスケジュールの中でソノ気になれたってのが凄い。彼こそは男の中の男だと思うね」

「あんたは？　せがまれても断る？」

「たぶんな」

笑みが浮かんだままのトレイスの唇を指先で辿り、ロジャーは言葉を続けた。

「今のところ、カードよりも俺の心を惹きつけるような御仁《ごじん》に会ったことがない」

「ふーん」

トレイスは面白くなさそうな声をあげると、つれないことを言う男の指を口に含んだ。

すると、表情こそよく見えなかったが、ロジャーが微笑む気配が伝わってくる。

「挑戦してみるか、トレイス？　俺をソノ気にできるか、どうか……」

ロジャーが聞いてきた。

トレイスは思わせぶりに指を舐め、甘く吸い上げてから言う。

「……ノッた」

「よし、大会期間中に俺とセックスしたら、おまえの勝ちだ」

「勝ったら、何をくれる?」

「何が欲しい?」

「そうだな……」

トレイスは迷うフリをする。あんたの心が、と言いたかったが、それは口にはできなかった。

彼は答えを出す前に、ロジャーに質問する。

「どのくらい自信がある?」

「絶対に負けない。意志が堅いのも俺の美点でね」

「だったら、『ダイナ・グライド』を賭けてもらおうか」

愛車の名を聞いたロジャーは、声をたてて笑った。

「バカだな。あいつを賭けたら、俺は意地でも負けられなくなるだろうが。もっと手放しやすいものだったら、『まあ、いいか』って気持ちになるかもしれないのに」

「そんな姑息《こそく》な計算はしないよ」

トレイスは銀色に光るロジャーの瞳を見つめた。

「それに、あんたの持ち物の中で価値がありそうなのは、あのバイクだけだからな」

「まあな。判ったよ。俺が負けたあかつきには、あいつはおまえにやろう」

ロジャーは承知し、それから言った。

「で、俺が勝ったら、おまえは何をくれる?」

「弱ったな……」

トレイスは苦笑いを浮かべる。流れ者のロジャーに輪をかけて、値打ちのある品物を持っていないことを思い出したからだ。

「俺の持ち物の中で一番高価なのはステレオだ。それでどう？」

「一番高価なものを出してくるあたり、おまえも自信がありそうだな」

「最初から負けると思って、賭けをするヤツはいないだろ」

本当は自信など全くなかったが、トレイスはうそぶいてみせた。

ロジャーはトレイスの手を取ると、契約の印にグッと握り締める。

「賭けは成立だ。どっちが勝っても、恨みっこなしだぞ」

それから彼はトレイスの手の甲に口づけた。

「となると、俺としては禁欲が始まる前に、とことんヤッておきたいな」

「それも作戦のうち？」

「もちろん」

「だったらノーだ。そんなの許したら、俺に不利じゃないか」

トレイスは心にもないことを口にする。本当は、ロジャーに求められれば求められるほど嬉しいのに。とはいえ、トレイスはロジャーが一度や二度の拒絶でメゲるような人間ではないことも知っていた。

「じゃあ、賭けをしようぜ」

案の定、ロジャーは諦めもせずに持ちかけてきた。

トレイスは苦笑する。

「また賭けかよ?」

「そう。もし三分以内におまえを勃たせることができたら、俺の好きにさせる。それ以上の時間がかかったら、大人しく眠る。まあ、三分なんて必要ないと思うが」

「やってみな《ゴー・アヘッド》」

トレイスは高慢そうに言う。最初から負けるつもりで——この敗北が自分に与えるのは苦さではなく、蕩《とろ》けるような甘さであることも、また知っていたから。


『このかき入れ時に休むだって?』

トレイスが『ドラゴン・フィッシュ』に電話をして欠勤を申し出ると、ボスのロンは途端に機嫌が悪くなった。

『例年の様子からして、今日あたりからガンガン予約が入ってくるってことは判ってるだろ?』

ウソをつけ、とトレイスは思う。例年から言えば、繊細な神経を持つゲイ達はポーカーランの騒音を嫌い、その期間はキーウェストに近づいて来ない。かき入れ時どころか、一年のうちで最も閑古鳥《かんこどり》が鳴く週末なのだ。それを承知していたから、トレイスも昨夜はアーニーの店に行って酔い潰れる気になったというのに……。

（単なる嫌がらせだ。自分が休むときは連絡一つ入れねえくせにさ）

だが、相手は曲がりなりにも上司だった。

それにトレイスにはウソをついているという引け目もある。

そこで内心はどうあれ、一応しおらしく謝っておくことにした。

「本当にすいません。何だか、熱が出ちゃって……」

『参ったなあ。薬とか飲めば、何とかなるんじゃないの？』

「それが昨日のうちに飲んだんですけど、全然下がらないんですよ。たぶん、風邪だと思うんですけど……」

ロンは溜め息をつく。

『判ったよ。仕方ない。今回は俺の方で調整をつけるけどね。次、またこんな風にスケジュールに穴を開けたら辞めてもらうよ』

彼はトレイスの返事を待たず、ガチャッと受話器を叩きつけるようにしてラインを切った。

「ふん。てめーにクビにされるぐらいなら、こっちから辞めてやる！」

トレイスはそう言って受話器に向かって舌を突き出してみせると、ロンがしたのと同じくらい乱暴に、それをフックに戻した。

「朝っぱらからムカつく……でも、ま、休めるんだからよしとしてやるか」

そのとき、用件を済ませてホッとしたためか、ふいにトレイスのお腹がグーッと元気良く鳴った。

「……腹へった」

トレイスはキッチンに向かうと、いつものようにコーヒーメイカーのスイッチを入れた。それから冷蔵庫の扉を開け、朝食のメニューを考える。いや、自分はバターつきのトースト一枚とフルーツヨーグルトと決まっていた。トレイスが考えていたのは客人用のメニューだ。ロジャーはいつもどんな物を食べているのだろう。

(それより起きられるのか？　俺が部屋を出てきたときは、まだぐっすり眠ってたけど……)

無理もない、とトレイスは苦笑を浮かべた。

結局、あれから『目論《もくろ》み通り』に賭けに負けたトレイスとロジャーはセックスをしたのだ。干上がっていたような自分はともかく、よくも飽きないものだと呆れるほど、ロジャーはトレイスの身体を貪った。そして、今度こそお互いに指先一本動かすのも億劫《おっくう》なほど疲れ果てて、気を失うように夢路についたのである。

トレイスは苦笑した。

(まあ、おかげさまで、今朝の太陽の眩《まぶ》しいこと、眩しいこと……気分は良好だけどね)

勤め人であるトレイスは、どんなに夜更かしをしても、朝は決まった時間に起きる習慣がついていた。それに多少の寝不足ぐらいではビクともしない体力もある。

「できた、できた、いい匂い……！」

トレイスは落としたばかりのコーヒーをカップに注ぎ分けると、豊かな香りを楽しみながらゆっくりと飲んだ。それから、彼はロジャーの枕元にも目覚めの一杯《アイ・オープナー》を運んでやることにする。

軽い足取りで二階に上がったトレイスは、自分の部屋のドアを軽くノックした。

「ロジャー？」

ベッドの上に視線をやると、乱れたシーツの中に俯せになって眠っているロジャーの姿がある。かろうじて腰のあたりにブランケットが引っかかっているのが、却《かえ》ってセクシーだった。トレイスなどは、それを捲《めく》ってみたい気持ちにさせられる。綺麗に盛り上がった上腕筋。広くて張りのある背中。そして、うっとりするほど長い足。何ともゴージャスなヌードだ。

（朝っぱらからクラクラさせてくれるね）

トレイスは微笑むと、ゆっくりとロジャーに近づいて行った。

寝台の脇にある小さなテーブルにカップを置いた彼は、眠れる男の肩をそっと揺さ振る。

「コーヒーを持ってきたよ。飲むかい？」

反応がなかった。

トレイスはもう少し腕に力を込めてみる。

「ロジャー？」

しかし、今度も身じろぎ一つしない。

これが最後だと思いながら、トレイスは身を屈《かが》め、ロジャーの背中にキスをした。

「起きないんだったら、俺が飲んじゃうぜ」

「うう……」

溜め息と共にロジャーが寝返りを打つ。彼は瞼を震わせ、それを開けようと努力しているようだった。そして、何度かの失敗の後、ようやく細い隙間から蒼い眼が覗く。

「……何時だ？」

不機嫌そのものの声があがった。

トレイスは傍らのテーブルに置いてある時計を見る。

「八時半」

ロジャーは呻いた。

「冗談だろ……」

「ほら」

トレイスはロジャーの顔の前に時計を差し出した。

「見えるか？　東海岸時間《イーストコーストタイム》で八時半と三十秒」

ロジャーは首を上げて文字盤を見ると、またガックリと枕の上に頭を落とした。

「笑わせやがる……《マンス・ア・リゴラード》」

「何だって？」

「最高《ベリー・ファニー》だ、って言ったんだよ。こんなクソ早い時間に起きたのは、ガキの頃以来だ……」

トレイスは苦笑した。

「八時半は別に早くないと思うけど？」

「俺にとっちゃ、真夜中さ」

ロジャーは寝乱れた黒髪に指を突っ込んで、さらにそれをかき乱した。

「どうやら、おまえさんは見かけよりもずっとタフらしい」

「あんたは朝が弱そうだな」

「陽が昇る頃、ベッドに潜り込む生活が長いんでね」

ロジャーは眠気を帯びたままの瞳でトレイスを見つめる。

トレイスはそんな物憂げな眼差しもセクシーだと思った。

「日光に当たってないと骨が弱るぜ。コーヒーは？」

「それより、キスしてくれ」

「いいよ」

リクエストに応えてトレイスはベッドに腰を下ろすと、横たわったままのロジャーに口づける。

すぐにロジャーもトレイスの口内に舌を潜り込ませてきた。朝一番のキスにしてはディープだ。これなら眼も醒めるに違いない。

唇を離して、ロジャーが微笑む。

「何となく元気が出てきたような気がする」

「食欲は？」

「胃が働くようになるまでは、もう二時間ぐらい必要だな」

「じゃあ、先に食べてるよ」

立ち上がろうとするトレイスの腕を、ロジャーが押さえた。

「冷たいな。起こすだけ起こしておいて、放り出すのか？」

「俺は飢えて、死にそうなんだ」

トレイスは彼の腕をそっと外す。

「あんたには後で作ってやるよ。リクエストはある？」

「ニコチンとカフェイン。メインはワインにサーロイン」

ロジャーは歌うように言った。

溜め息をついて、トレイスは立ち上がる。

「ラッパーにでもなる心算かい？」

「それには年がいきすぎてるよ」

本当に眠気が醒めてきたのだろう。ロジャーは明るさを取り戻した瞳でトレイスを見上げた。

「朝食は摂《と》らないんだ。でも、おまえが食べているところを横で見ていようかな」

「ご自由に」

どうでもいいような口調だったが、トレイスは嬉しかった。誰かと一緒に食卓を囲むのも、本当に久しぶりのことだったからだ。

「シャワーを浴びてくれれば？　もうバスローブは用意してあるし」

ベッドの上に起き上がった男に、トレイスは床に落ちていたバスタオルを放った。

ロジャーは顔の前でそれを受けとめ、ニヤリとする。

「昨夜はローブを使う間もなかったからな」

彼と別れ、キッチンに戻ったトレイスはトースターにパンを入れ、フルーツカクテルの缶詰を開けた。そして、それをヨーグルトと一緒にガラスの器に盛る。

食事の支度を終えると、居間にラジオをつけに行った。今朝はポップスのチャンネルに合わせる。流れてきたチューンはジョン・セカダのものだ。

『君が「さよなら」と告げて行ってしまったら、僕の人生から何かが失われてしまう……』

その詞を耳にしたトレイスは、ふと足を止めた。まるで自分のことを歌われているような気がしたのだ。それから、ふと苦笑する。

（よくあるバラードじゃないか……）

だが、その歌詞はトレイスの脳裏から、なかなか消え去ろうとしなかった。

トレイスはとっさにチャンネルを変え、言葉の意味が判らないラテン音楽を聞くことにする。

そして再びキッチンに足を踏み入れるのと時を同じくして、シャワーを浴びてきたロジャーが空のカップを手にやってきた。トレイスの好意を無駄にはしなかったらしい。

「美味しかった。もう一杯、もらえるかな？」

「ああ。座っててくれ」

それからトレイスはトーストを食べつつ、ロジャーはコーヒーを飲みながら、穏やかな朝の語《かた》らいを愉しむことにした。彼らの話題の中心はバックボーン――お互いの生い立ちについてだ。

「おまえは親と仲がいいみたいだが、俺は十七のときに家出をして以来、勘当《かんどう》状態でね。一度顔を合わせたぐらいで、後は全くの没交渉《ぼっこうしょう》なんだ」

ロジャーの告白に、トレイスは眉を寄せた。

「家出？　また、なんで？」

「俺はポーカーで食っていきたい、って親父に言ったんだ。そうしたら、いきなり殴られてね。修復不能の大喧嘩になった。母親も自分の息子がそんなヤクザな人間になるんだったら、いっそのこと産まなけりゃよかったって泣き出してね。まったくラフィット船長の血筋とは思えない頭の堅さだろ？」

トレイスは思わず苦笑した。

「いきなり息子がそんなことを言い出したら、普通の親はブチ切れるんじゃないのか？」

「まあな」

ロジャーは肩を竦めた。

「今だったら彼らの心情も理解できる。だが、そのときは自分の生き方の邪魔をされたくない一心だった。だから、『俺なんか最初からいなかった人間と思ってくれ』、って捨てゼリフを吐いて飛び出したんだ。バックパックを背負って、グレイハウンドのバス停までね。そして、ラスベガスまで一直線だ」

「十七歳でプロになろうって思うぐらいだから、よっぽど強かったんだな。誰か、先生がいたのか？」

トレイスの問いに、ロジャーは頷いた。

「まさに『先生』さ。俺の通っていた学校の歴史の教師でベンジャミン・シェイマスという男だ。何より伝統を愛する彼は、たかがギャンブルにさえも由緒《ゆいしょ》正しさを求めずにはいられなくてね。ポーカーはニューオーリンズが発祥《はっしょう》の地なんだ。ミスター・シェイマスは、その由来を調べていてハマったらしい」

「おいおい、教師が生徒と賭け事をしていいのか？」

呆れたような表情を浮かべたトレイスに、ロジャーは弁解する。

「金は賭けなかった。負けたら彼の家の芝刈りをするとか、そういうことだけでね。俺がカモにしたのは同級生達だ。いい小遣い稼ぎで、家出をするときも奴らから巻き上げた金が大いに役に立ったよ」

トレイスはやれやれというように首を振る。

「タチの悪いガキだな……」

「同感だね。俺が強くなるにつれて、上級生、卒業生、その親父っていう風にテーブルにつくメンバーの顔も変わっていった。しまいには、対等に戦えるのはシェイマスだけになったよ。彼は俺とゲームをしながら、よく『ジャン・ラフィットの子孫とポーカーをしているなんて』と感激していたもんさ。彼が札《カード》の扱い方、札の覚え方、敵の心理の読み方、何もかもを教えてくれた。俺の人生で、本当に役立つ授業をしてくれたのはシェイマスだけだ。恩師と呼べるただ一人の人物だな」

「それだけ強かったら、彼もプロのプレイヤーになれたんじゃないのか？」

ロジャーは微笑む。

「俺もそう思ってた。でも、彼にはどうしても克服できない弱点があってね。金がかかると冷静さが失われる。その顔に全部、手の内が書かれちまうんだ」

「それじゃあな……」

トレイスは納得した。シェイマスはいわゆる『ポーカーフェイス』が作れないのだ。その顔に動揺が表れてしまうのでは、プロとしては致命傷だろう。

「シェイマスは身の程を知っていたから、それを生業《なりわい》にしたいとは思わなかった。彼は俺というプレイヤーを創ったことで満足した。何年か前に会ったときは、ポーカーの指導本を書いているると言ってたよ。タイトルは『最強ポーカー修得、あなたもロジャー・ザ・ブルーになれる』だ。見事完成したあかつきには、俺が推薦文をつけることになっている」

「ブルー……？」

トレイスは自分の声が僅かに震えを帯びているのを感じた。

「ああ、通り名みたいなもんだ。自分からそう名乗ったことはないけどな」

トレイスは激しい衝撃を受ける。ロジャーの言葉が呼び水となって、忘れかけていた記憶が鮮やかに脳裏に蘇《よみがえ》った。マイクがアーニーの店で口にした名前だ。

（砂漠の街《ラスベガス》からやって来る最強の男達は、カードのキングと同じ四人。チャン、パパンドレウ、リチャードソン、それから――ブルー）

不思議な縁をトレイスは感じる。世間は狭いというが、本当だ。何気なく噂《うわさ》の種にしていた相手が、知らぬ間に自分の前に姿を現していたとは思わなかった。まるで秘密の呪文を唱えて召喚《しょうかん》したみたいだ。キーウェストのように小さな島では、人が集まる場所も限られているから、そんな偶然の出会いも起こりやすいのだろうか。

トレイスは呆然と呟いた。

「あんただったのか……五百万ドルの男って」

ロジャーが僅かに驚きの気配を滲ませる。

「よく知ってるな」

その瞬間、トレイスの血は沸騰した。

「どうして教えてくれなかったんだよ！　今の今まで正体を隠しやがって……！」

「そんなことはしていない。俺はフルネームまで名乗ったぞ」

静かに反論するロジャーに、トレイスはますますいきり立った。

「昨夜、俺が王様達のことを口にしたとき、あんたは自分とは関係ねえみたいな顔をしてたじゃねーか！」

「勘弁してくれ」

ロジャーは苦笑する。

「これでも奥ゆかしいところがあってね。自分から『俺はベガスのキングだ。俺様の前にひれ伏しな』なんて言えるとでも？」

「う……」

確かに——我が身に置き換えてみたトレイスも、彼の気持ちは判らないでもないと認めざるを得なかった。

ロジャーは溜め息をつき、両手を広げる。

「おまえの気分を害したのなら謝るが、俺にはそれが大騒ぎするほどの問題だとは思えないんだがな」

それも、冷静に考えればそうだった——トレイスは自分の激高《げっこう》ぶりが少し恥ずかしくなり、テーブルの上に目を落とすと、モゴモゴと言い訳をした。

「だって……俺だけが知らなくて……何だか、蚊帳《かや》の外に置かれてるみたいだったから……」

「俺の秘密なら、おまえの方がよく知ってるじゃないか」

ロジャーの言葉に、トレイスは顔を上げた。

「秘密……？」

「俺は同じテーブルに座るヤツとは寝ないからな。それに、そういう奴らに家族の話なんかもしない」

ロジャーは溜め息をつくと、身を乗り出し、トレイスの額に自分のそれを押し当てた。

「俺は滅多に自分のことは喋らないんだ。それなのに、どうしておまえにベラベラ話しちまうのか、自分でも不思議だよ」

その言葉に嘘はないことは、トレイスにも伝わってくる。

「色々質問して……悪かったな」

「それはいいんだ。無理矢理、おまえに口を割らされてるわけじゃないからな。本当に嫌だったら答えない」

ロジャーの言葉を聞いたトレイスは、安心すると同時に喜びも感じた。彼が自分を特別扱いしてくれていることが判ったからだ。トレイスはロジャーのことをもっと、もっと知りたかった。だから、ロジャーがそれを許してくれているのが嬉しい。

「後《あと》一つ、聞いてもいい？」

「どうぞ」

「家出してから一度だけ両親と会ったって言ってたけど、それは彼らと仲直りしようと思ってのことかい？」

ロジャーは溜め息をついた。

「そうだ。幸い、俺のキャリアは順調で、まあまあの暮らしができるようになった。親の面倒を見ることができるぐらいにはな。で、ニューオーリンズへの里心《さとごころ》も募る一方だったし、そろそろ和解してもいいかなって気持ちになったんだ。ところが、あのクソジジイとクソババアときたら……」

「拒否されたのか？」

「バチ当たりのギャンブラーの息子がいるなんて知れたら、教会にも行けなくなるって言って、人の鼻先でドアを閉めやがった。確かに、うちの教区の神父は頭が堅くて、死ぬほどやかましいんだ。彼の倫理観《りんりかん》にちょっとでも触れるような真似をすると、ミサのとき信徒達の前で吊し上げを食らう。聖職者ってのは得だよな。誰かれ構わず『地獄に落ちろ』と言っても責められないんだから」

「じゃあ、それっきり？」

ロジャーは頷いた。

「それきりだ。一時はムカッ腹を立てて、俺は救いようがないギャンブラーの上、教会の教えによれば天罰を食らうこと確実のゲイだって告白して、地獄の業火に怯える親父達にショックを与えてやるとも思ったけどな。結局、虚しくなって止めた。俺は捨て台詞の通りの存在になったんだよ。つまり、『最初からいなかった息子』だ」

どうしても家族に理解してもらえない絶望感に、ロジャーは苦しんだに違いない。そう思って、トレイスの胸は痛んだ。

ロジャーは腕を伸ばし、そんなトレイスの頬を優しく撫でた。

「おまえが落ち込むことはない。親と上手くいかない息子は、何も俺が初めてじゃないさ」

「でも、まだ彼らを愛してるんだろう?」

「どうかな……」

ロジャーは言葉を濁《にご》す。

「単に憎んではいないってだけの話かもしれない。俺がニューオーリンズを出た時点で、家族の絆は断たれたんだ。今じゃ、お互いに遠すぎる存在だよ」

トレイスが呟く。

「寂しいな……」

ロジャーは苦笑する。

「普段はあまり意識することはないな。まあ、クリスマスや感謝祭《サンクス・ギヴィング》の時期ぐらいだ。知った顔がいなくなって、やたらと家族連れの観光客が目につくようになる。それで『ああ、どうやら今は楽しいホリディらしい』と気づく。その程度だよ」

懐かしい家も、家族も、友人もいない。戻る場所がないというのは、つまりはそういうことだ。根なし草の孤独を、トレイスは思った。

（ロジャーに比べたら、俺の寂しさなんて些細《ささい》なものかもしれない……）

トレイスはふと思った。自分の両親は息子の性向や現在の職業を知っているが、だからといって非難めいたことを口にしたり、彼を受け入れることを拒絶したりはしない。父親のアンディも、母親のメリッサも、トレイスの意志を尊重してくれた。ゲイの中にはカミングアウトをして以来、両親と不仲になる者も多いから、トレイスは非常に恵まれている方だろう。

自分を温かく迎えてくれる人々を失い、独りぼっちになってしまったら——ふと、そんなことを考えて、トレイスは思わず身を震わせた。

「俺だったら、絶対に耐えられない……」

「寂しがり屋だからな。おまえみたいに人恋しさを素直に表現する人間は見たことがないよ」

ロジャーが微笑む。彼はすっかりトレイスの性格を見抜いているようだった。

トレイスは顔を赤らめる。

「ガキっぽいって思ってるんだろう？」

「いや、感動的だったね。凄く新鮮だ。俺の周囲にいるのは、感情表現の乏しいヤツらばかりだったから」

「そりゃ、感情表現の豊かなカードプレイヤーなんかいないよな」

トレイスの言葉に、ロジャーは頷いた。

「そう、あくまでクールに、超然として振る舞う癖がついているんだ。ゲームの間だけじゃなく、普段から眼に見えない仮面を被ってるようなもんさ。自分ではない男を休みなく演じているから消耗して、なおさら無感動になるのかもしれない。そして、いつしか自分自身も、段々と本当の顔が判らなくなってくるんだろう」

うっとりするほど端正なロジャーの顔を、トレイスはジッと見つめた。

「じゃ、今まで俺が見てたのも、ニセモノのあんたなのか？」

「だったら、どうする？」

「どうって……裏切られたみたいな気になる……のかな」

困惑したように告げるトレイスに、ロジャーは苦笑いを洩らした。

「ホンモノの俺だよ。おまえさんの素直さに引きずられたんだろうな。つい演技を忘れちまった。ゲームに戻る前に、少しリハビリする必要があるぐらいだ」

その言葉を聞いて、トレイスはホッとした。

（彼は腹を割ってくれているんだ。だから、俺も全く気取らずに、本当の自分を出すことがで

きる）

　トレイスは、シェインの前では良いところばかりを見せよう、そうしてもっと彼の好意を得ようと気張ってばかりいた。だが、ロジャーにはそんなことをする必要はない。それがトレイスの心を軽くしていた。

「さて、と……これからどうする？」

　ふいにロジャーが聞いた。

　トレイスは考え込む。別にこれといって予定はなかった。

「さあ……でも、俺は病欠ってことになってるから、もし出かけるならキーウェスト以外の場所の方がありがたいんだけど」

「だったら、他の島に行こう。何か名所とか名物はあるのか？」

「そうだな、ウィンドレイキーのイルカとか、ビックパインキーにいるコリー犬よりも小さいシカとか……」

　ロジャーは目を丸くした。

「コリーより小さいシカ？　本当に？」

「うん。キー・ディアって言うんだ。可愛いよ」

「島の中なら、どこにでもいるのか？」

「よく姿を見せる水飲み場がある。行ってみようか」

「ああ。見てみたいな」

トレイスも浮き浮きしてきた。キー・ディアを見にいくのは子供の頃以来だ。だが、何も見ることはできなかったとしても、ロジャーと一緒にいるだけで楽しいに違いない。

(大会が始まれば、こんな風にのんびり話すことはできなくなるからな)

トレイスは壁にかかったカレンダーに眼を向けた。

そう、明日にはポーカーランが始まる。トレイスはカードにロジャーを奪われてしまう。

だが、トレイスは黙って彼を送り出すことしかできなかった。賭け事を生業にしている男に、それを止めろということほど無益《むえき》なことはない。アーニーの店でマイク達が言っていたように、彼らは悪魔のゲームの虜なのだから。

(でも、今日はまだ俺のものだ)

トレイスは思った。そして、後どのくらい、ロジャーは自分の傍にいてくれるのだろう、と。

それが一刻でも長いことを祈りながら……。

5

マイアミのビスケーン湾からメキシコ湾へ続く珊瑚礁の島々、フロリダ・キーズを開発したのは、ロックフェラーの傘下《さんか》で石油を扱っていたヘンリー・フラグラーという大富豪だ。

現在マリオット・カサ・マリーナ・ホテルとなっている海岸沿いの土地に、豪華な邸宅を建てて移り住んだ彼は、自分と同じくらい裕福な友人達にも別荘の購入を勧めて、キーウェストを高級リゾート地として育て上げることに成功した。

この島を愛した著名人は枚挙《まいきょ》にいとまがないが、特にその別荘を『夏の大統領執務室』と名づけられるほどだったトルーマン大統領と、著作のほとんどをここで書いた文豪ヘミングウェイの二人はよく知られている。

フラグラーの声がかりで一九一二年に鉄道が開通すると、全米から労働者が傾《なだ》れ込み、輸入品のハバナ葉巻や食塩、柑橘類などの特産品を続々と本土に運び、この地にさらなる繁栄をもたらした。しかし、その後、巨大なハリケーンがキーズを直撃し、鉄道も多数の犠牲者を出して倒壊するという悲劇が起こり、路線は廃止されてしまう。以後、数年間、キーウェストには船でしか行くことができなくなり、観光以外の産業は次第に衰退していった。

寸断され、崩壊した線路の残骸は、現在も平行して走っているハイウェイから見ることができる。この道路――『オーバーシーズ・ハイウェイ』と呼ばれる国道一号線には、世界的に有名な『セブンマイルブリッジ』も架かっていた。人々が緩やかな傾斜を持つ橋を渡って行くと、その視界は二種類の青に染め上げられる。路面を挟んで上では空色、そして下の方では目の醒めるような海のコバルト色が見えるのだ。

「キーウェストに向かって右手はメキシコ湾、左手が大西洋だ」

リトルダックキーにある橋のたもとは、絶好のカメラ・ポイントだった。

一般に開放されたフィッシングピアに立って、トレイスは説明する。一旦はビックパインキーに行った彼らだが、すでにシカ達は朝の水飲みを終えてしまっていたので、また夕方に訪れることにして、先にセブンマイルブリッジを見にきたのだ。

「つまり、このあたりは大西洋と太平洋を結ぶ通り道で、魚の種類も数も多い。どんなに貧乏でも、釣り竿さえあれば生きていけるよ」

ライターを手で覆うようにして煙草に火をつけながら、ロジャーが聞いた。

「何が釣れるんだ？」

「バショウカジキ《セイル・フィッシュ》、カマス《バラクーダ》、ハタ《グルーパー》、マグロ《ツナ》、そして運が良ければ、釣り人の憧《あこが》れ・マカジキ《マーリン》も」

ロジャーが微笑む。

「マーリンはステーキにすると最高だ。きりっと冷やした白ワインに合う」

マリサとはワインを呑むと言ったアーニーを、トレイスはからかったことがある。だが、今は揶揄《やゆ》する気にはなれなかった。彼も味わってみたいと思ったからだ。

「ワインを呑むんだったら、カキ《オイスター》もいいな。もうちょっとしたらシーズンになるし」

「今は何が美味い？」

「ロブスターかな」

「ル・オマール・テルミドール」

「何だ、それ？」

「七月、熱い月のロブスター。料理の名前だ。真っ二つに割った身に、こってりしたクリームソースをのせて、オーブンにブチ込む。ジュージューとソースを沸き立たせながら焼き上がる様は、まさに灼熱《しゃくねつ》の地獄。それをフランス革命が始まった動乱の月に見立てたコックは、いかしたセンスの持ち主だと思わないか？」

「そんな風にいちいち説明しなきゃならねえんだったら、俺は『ロブスターのグラタン風』とか言ってもらった方が判りやすくていいけどな」

ロジャーはくすくす笑った。

「ロマンと合理性はなかなか一致しない。叙情性《じょじょうせい》ってのは大体が余計なもんだ。でも、俺はその無駄というヤツが大好きでね。ささやかな幸せってのは、目的や意味のないことの中にこそある。例えば、煌《きら》めく陽射しの中でボーッと煙草を吸っているときとかな」

「だったら、幸せを分けてくれ」

トレイスはロジャーの手から煙草を奪って、口に銜える。一ふかしした途端、顔を顰《しか》め、再びそれをロジャーの唇に戻した。

「辛《から》い」

『ザ・ブルー』とふたつ名になるほどの瞳が笑みを湛《たた》えて、そんなトレイスを見つめる。

「禁煙家じゃなかったんだな」

「吸うよ。気が向いたときは」

トレイスは内心ドキドキしながら、何とか平静な声をあげた。伝説的なポーカープレイヤーの『シンシナティ・キッド』もハッとするような蒼い瞳の持ち主だったというのを聞いたことがある。しかし、それはアイスブルーと言って、ロジャーよりも淡い色らしかった。

(ロジャーの方が綺麗だ。たぶん……)

セブンマイルブリッジの上で目にする青よりも、それはトレイスの胸を打つ。ロジャーの瞳をずっと見つめていろと命じられたら、いつまでも飽かずに眺めているに違いなかった。

「あんたはヘビースモーカーだな。一日にどれぐらい吸う?」

「一箱半から二箱かな」

「すげー」

ロジャーは深く煙を吸い込む。

「俺のは職業病だ。眠くなったら一服《いっぷく》。腹が減ってるけど動けないときに一服。勝って晴れ晴れと一服。そして負けたときにも傷心の一服——他の奴らの吐いた煙を吸わされる方が毒性が高いって言うから、俺も負けずにふかしてる」

トレイスが苦笑した。

「いずれにしたって、身体には悪そうだな」

「まあね。でも、てめえのせいで肺癌になるのは仕方がないとしても、巻き添えを食らうのだけは我慢ならない」

「素直に『好きだから、止められない』って言えば？」

ロジャーはフィルターを噛むようにしてニヤリとする。

「その素直になるっていうのが苦手でね。こいつも職業病だな」

「でも、ポーカーテーブル以外では嘘はつかないんだろ？」

トレイスは聞いた。

「ああ。でも、率直な態度を取るのと、素直に振る舞うのとでは少しニュアンスが違う」

「例えば？」

「誰かと寝るとき、どうしてそうしたいのかを説明してから致すのが〈率直な態度〉。何も言わずに速攻で押し倒すのが〈素直な態度〉」

トレイスは呆れる。

「サイテーだな、あんた」

「同じ飾らない態度でも、俺にとっては素直さの方がより感情的なんだ。だから、昨夜おまえに迫ったときは、久々に俺の気持ちがストレートに表れていたってことになる」

ロジャーはブーツの底に煙草を押しつけて火を消すと、それを近くのごみ箱に放った。何事にもそつない彼らしく、吸い殻のシュートは見事に成功する。

「おまえがゴチャゴチャ言い出したから、結局、俺もあれこれ理由を並べ立てるハメになっちまったけどな」

「黙って、勝手にヤられてたまるか」

ぶすっとしているトレイスに、ロジャーは微笑みかける。

「俺は人の心を読むのが得意だから、おまえが拒まないってのは判ってた。ただ堕ちてくるのを待っていれば良かったんだ。迷ってる姿も可愛かったよ。悩ましくて、ワクワクした」

「……っ」

トレイスは言葉を失い、赤くなる。

それを見て、ロジャーは声をたてて笑った。彼はトレイスを捉《つか》まえ、抱き締める。

「シェイマス先生と同じで、おまえもポーカーはしない方がいい。特に俺とはね」

「ムカつく……」

「それでも好きだろ？」

ロジャーはトレイスの顎を上げさせると、唇を近づけてきた。

「こんなヤツと思いながら、図々しく迫る俺に悪い気はしない。俺がおまえを好きだってことが判るから」

「判らないよ……」

トレイスは囁いた。

「あんたが俺のことをどう思ってるかなんて、判らない」

「こうやって抱き締めていても？」

皮肉っぽい笑みがトレイスの唇を飾った。

「そんなの、別に好きじゃなくたってできる」

「ずいぶん自虐的なことを言うんだな」

「たっぷり痛めつけられてきたからね」

「同情するのは簡単だが、おまえが望んでるのはそういうことじゃないよな？」

トレイスは頷いた。

ロジャーは彼の両頬をその手で挟んだ。

「俺がここでどんな言葉を口にしたって、おまえの疑いは消えない。真実はおまえ自身が見極めなきゃならないんだ」

「どうすれば、それを知ることができる？」

「人は自分で思ってるほどには気持ちを隠せない生き物でね。それは気色《けしき》や、ちょっとした動作に表れる。だから、どうしても相手の心を知りたければ、必死に、何一つ見逃さない心意気で観察することだ。そうすると、段々判ってくることもある」

「それは、カードテーブルでの経験？」

「そう。騙し合いの賜物さ」

トレイスは必死にロジャーの顔を眺めた。彼と戦うプレイヤー達のように。

（……判んねーよ。くそ、どうとでも解釈できるような顔をしやがって）

自分の願望で判断を曇らせることを、トレイスは恐れた。

人を魅惑せずにはおかない美貌に浮かぶ、憎らしいポーカーフェイス。

ロジャーは笑いながら人を殺すことに慣れている。手の切れるような五枚のカード、息もつけないような抱擁で。

（何も奪わないなんて、嘘だ。あんたは俺を根こそぎ自分のものにしたくせに）

ロジャーは言う。破れた男達は全てを失い、抜け殻みたいになると。

では、心すら奪われたトレイスは生きる屍《しかばね》のようになるのか。

潮風が二人を押し包み、色の違う髪をかき乱した。

トレイスは呟く。

「目を開けていたって、何も見えない。こんなに近くにいても……近くにいるから」

ロジャーはトレイスにキスをした。愛されている者の傲慢《ごうまん》さと自信に満ち溢れて。拒まれるかもしれないという思いは、ロジャーの脳裏をチラッとも過らないようだ。そして、トレイスにとって悔しいことに、彼の判断は間違っていなかった。

（いいよ、それでも……）

トレイスはロジャーの胸に顔を埋め、小さな溜め息をつく。不公平な恋――それでも、好きだと言われれば、こんなにも嬉しい。

「腹がへってきたな」

ロジャーが言った。

「ああ、あんたは朝食を抜いたから……」

「このあたりにいいレストランはあるか？　ロブスターでも食おうぜ」

「マーティの店にしよう」

トレイスは身を引くと、ロジャーを見上げた。

「酒蔵《さかぐら》を探してもらえば、どっかに一本ぐらいはワインも隠れてるだろうさ」

ふと気づけば、橋の写真を撮ろうとやってきた旅行者の数も増えていた。その中には、身体中にびっしりとタトゥーを入れたバイカーのグループもある。

トレイスがロジャーを振り返った。

「なんだ?」

ロジャーが微笑む。

「いくら無駄が好きだからって、もう無用のトラブルは起こすなよ。あんただって、ランチまで抜きたくないだろう?」

トレイスの言葉に、ロジャーは降参するように両手を上げた。

「はい、はい、大人しくしてるよ」

二人が駐車場に戻って行くと、胸元まで髭を伸ばしていることで有名な『ZZトップ』というバンドのメンバーと見紛《みまご》う男達が、ダイナ・グライドの前に立ちはだかっていた。

言っている傍から揉めごととかと、トレイスは身構える。

緊張する肩をポン、と叩いて、トレイスの前に進み出たロジャーは、ゆったりとした口調で彼らに声をかけた。

「やあ」

ハードな風体のバイカーズが一斉に二人を振り返る。その中の一人、頭皮にまで刺青を入れた男が聞いた。

「あんたのバイクか?」

ロジャーが頷く。

すると男はニヤッと笑った。

「俺もずっとこのモデルだ。最高だよな」

その表情を目にしたロジャーも口元を緩める。

「ああ。あんたは何年だ？」

男は嬉しそうに答える。

「92年製だ。あちこち手を入れて、可愛がってる。見るか？」

「ぜひ」

「こっちだ。俺達はジャクソンビルから来たんだ。ポーカーランに参加するのも十回目になる」

わいわいと賑やかにバイク談義に耽る男達と共に歩きながら、ロジャーはトレイスだけに判るように、片方の眉を上げてみせた。

(ただのハーレー狂か。喧嘩なら買ってでもするようなタイプに見えたから、てっきり言いがかりをつけられるのかと思った)

トレイスはホッする。そして、心の中で密かに恥じ入った。自分の場合、ロジャーが言うような観察眼を養うには、まだかなりの努力が必要なようだ。


メキシコ湾に面した小さなレストランで昼食を摂った二人は、今度こそキー・ディアを見るべくビックパインキーへ向かう。このシカはオジロジカの一種で、ビックパインにしかいない固有種《こゆうしゅ》だ。ほぼ毎日姿を見せるという池の前で、ついに一家らしき三頭に巡り合ったロジャーが感嘆の声をあげる。

「本当にちっちゃいんだな」

トレイスは唇に指を当てて、静かにするように合図する。

二人の存在に気づいたシカ達はビクッとしたように顔を上げたが、害をなされるような気配はないと見てとると、また水を飲み始めた。

一番若い一頭は人間に興味があるらしく、喉の渇きを癒すと、その大きな瞳でジッとトレイス達を見つめる。「あんた達は誰、何をしてるの」、と問いかけるように短い尻尾《しっぽ》をピクピクさせている様子が可愛かった。

「おいで……」

濡れたような黒い瞳に澄んだ蒼い目を合わせて、ロジャーは優しく手を伸ばした。

すると、シカが二、三歩、こちらに近づいて来るではないか。

(動物までタラし込めるのかよ)

トレイスは思わず苦笑してしまう。

だが、シカがさらに足を踏み出そうとした瞬間、親らしい一頭が警戒の声をあげた。

その途端、まるで魔法が破れたように若いキー・ディアは身を翻すと、近くの松林の中に駆け込んで行ってしまった。そして、その背中を守るように、他のシカ達も跡を追う。

「あーあ」

ロジャーが失望の声をあげた。

「悪さをするつもりじゃなかったのにな」

トレイスは笑った。

「シカのパパとママは『そんなの、判るもんか』って思ってるよ、きっと」

「こんな好青年を疑うなんて」

「誰が何だって？」

「人間に対してはともかく、俺はシカには優しいお兄さんだぜ。ディズニー映画の『バンビ』を見て以来、どんなに勧められても絶対に鹿肉《ベンズン》は食わない」

微笑を浮かべたまま首を振っているトレイスを、ロジャーは引き寄せた。

「おまえに対してだって優しいだろう？」

「ああ」

他人行儀な優しさだけれど――トレイスはその言葉を、そっと飲み込む。文句を言える筋合いではなかった。ロジャーは彼に与えられる限りの好意を、トレイスに向けてくれているのだから。

（節度を持って、礼儀正しく……そう、とても紳士的に）

だが、トレイスは我を忘れたロジャーを見てみたいと思った。そんな彼に求められてみたかったのだ。

（また、無い物ねだりだな）

トレイスは自分を嘲笑《あざわら》う。甘かった。どんな望みも口にせず、ひたすらに思いを寄せるということが、こんなにも精神力を要求するものだとは思わなかった。だが、ここで弱音を吐いていたのでは『我慢強さ《トレランス》』という名前がすたる。

「そろそろ戻ろうか」

あたりが暗くなってきたのを見て、トレイスは言った。

「ああ」

ロジャーは彼の肩を抱いたままで歩き出す。

一号線に出ると、明らかに大型のバイクが目につくようになっていた。

チョッパー型のグリップに、気怠げに手を預けている男。

ぴちぴちのTシャツを突き上げるような胸をした女を、タンデムシートに乗せている者。

星条旗をモチーフにした特注の塗装を、バイクとサイドカーに施している者。

十人ぐらいのグループ。

我が道を行くはぐれ者《ローンウルフ》。

トレイスは去年とは違った眼で、鋼鉄の馬《アイアン・ホース》達の行進を眺めていた。押し寄せては消えていく人の群れ――エキゾーストノートと共に彼らが帰って行くとき、トレイスはようやく静かな日常が戻ってくると思い、清々したような気分になったものだ。

（だが、今年はそれを誰よりも寂しく感じてしまうに違いない）

祭りは盛り上がれば盛り上がるほど、終焉《しゅうえん》のときには哀感が募る。

トレイスは夜道に散らばるテールランプの輝きを眺めながら思った。それはいつか忘れられない面影を持った男の記憶と結びついて、別れのときの辛さを鮮やかに想起させるだろう。

「帰りは飛ばすなよ」

そう言ってシートに飛び乗ったトレイスは、ロジャーの腰に腕を回し、ギュッとしがみついた。

「今夜あたりから、ハイウェイパトロールの旦那《だんな》方が出張ってくるからな」

「奴らにとっても稼ぎ時か」

「そういうこと。たった十キロオーバーでも、きっちり罰金キップを切るこのあたりの習慣を知らない奴らをカモにするために」

ロジャーはトレイスを振り返り、肩を竦めた。

「オーケー。気をつけよう。よそ者には特に厳しいチェックをするのが、我が国の警察の伝統だからな」

一号線はハイウェイと言っても上下一車線ずつというささやかな道路だった。信号がないので普段は渋滞を起こすこともないのだが、ポーカーランの期間中はゆっくりと通りを流すライダーのグループ達に行く手を阻まれることもある。バイクなら脇を擦り抜けていくことも可能だが、自動車となるとそうはいかない。途中、トレイスが見た観光用のバンを運転していた男も、酷くイライラしたように指先でハンドルを叩いていた。シートに座っている客達の顔も疲れている。

「気の毒に……」

彼らを追い抜きながら、トレイスは同情の呟きを洩らした。

キーウェストに近づくにつれて、道路はますます混んでくる。

道路脇に建つガソリンスタンドも、キーズにチェーン展開しているコンビニ『トム・サム』もバイクで埋まっていた。南国の馨《かぐわ》しい夜の香気に、排気ガスとオイルの焼ける匂いが混じる。

ロジャーが言った。

「おまえが拾ってくれて、俺はラッキーだったな。これじゃ、確かにホテルはどこもいっぱいだ」

「ああ。今年は一軒なくなってるしな」

「ああ、おまえのうちか」

相手には見えないことを忘れて、トレイスは頷いた。

ロジャーがちらりと彼を振り返る。

「どこにあるんだ?」

「ホテルのこと？　ダンカンストリートだ。ヘリテージ・ハウスの『メルセデス・ホスピタル』を下ったところにある」

「行ってみたいな」

「え……？」

「おまえのホテルを見に行こうぜ。案内しろよ」

物好きな、と思ったが、トレイスはロジャーの望みを叶えてやることにする。トレイス自身もどうなっているのか、興味があった。ここしばらくの間は、多忙を理由に足を向けることもなくなっていたからだ。

島を南北に二分するフラグラー通りを直進し、ホワイトストリートに当たったところで左折、そうして住宅街に入って行くとすぐにトレイスの言った『メルセデス・ホスピタル』が見えてくる。現在はコンドミニアムになっている建物は、エルネスト・H・ガトという名のハバナの煙草業者が建てた、優雅なスパニッシュ風の館だ。スペイン語の『ガト』は猫という意味なので、カーサ・デル・ガトという別名を持つこの家は、地元の人間には『キャット・ハウス』と呼ばれている。

そこから一分も走ると、トレイスのホテルが見えてきた。

（正確に言うと、もう俺の、じゃないけど）

トレイスはロジャーの腿を叩いて、バイクを停めさせた。

「ここだよ」

シートから降り立ったトレイスは、明かりが落ちて久しい窓を見上げた。

ポーチに続く門は鎖で固く縛《いまし》められて、ここを差し押えた銀行から委託された不動産業者の『販売中』の看板が取りつけられている。

植木の枝は伸びっぱなし、地面にも雑草が好き放題に蔓延《はびこ》って、ただでさえひっそりとした建物に、余計さびれた印象を与えていた。

ロジャーは門に歩み寄ると、それを乗り越えようとする。

トレイスは驚いた。

「は、入るのか?」

「見るだけならいいだろ」

言い残すと、ロジャーはしなやかな身のこなしで、アッという間に門の向こうに移動していた。

トレイスは大きな溜め息をつくと、周囲の様子をうかがい、誰も見ていないのを確かめてから彼の後ろに続く。

二人はポーチに上がると、埃だらけのベンチに腰を下ろした。

「クレセント・ムーン・ホテルか……」

ロジャーが入口のドアに書かれた文字を読んだ。

トレイスが苦笑する。

「クサい名前だろ？　親父がつけたんだよ。もともとはキーライムの農園で小金を作った祖父《じい》さんが建てた家だった。不況が来るたび少しずつ畑を売り払っていって、親父の代になったときはもうこの家しか残っていなくてね。それでホテルに商売替えをしたんだ」

ホテルの外壁はミントグリーンのペンキで塗られている。トレイスもその記憶を留めようとして、今住んでいる家のドアを同じ色でペイントした。

「こぢんまりとしたファミリー・ビジネスだったけど、それなりに頑張ってたんだぜ。俺は人をもてなすのが好きだったし」

「そうだろうな」

ロジャーは頷き、トレイスを見つめた。

「結局、ハリケーンが経営難に止《とど》めを刺したんだって言ってたな？」

「ああ。いつも、いつも、キーウェストに災いをもたらす地獄の嵐だよ」

トレイスはポーチの柱に指を這わせる。

「ここも俺が修繕したんだけどな……結局、手放すことになっちまった」

「そうか」

トレイスは気を取り直してロジャーに笑いかけた。

「つまり、親父の代でジャクソン家の財産は全部パーになったってわけだ。三代目の俺は、この身一つで生きていかなくちゃならない。まあ、身軽っていやあ身軽だけどな。ヨットクラブの仕事はバカバカしいけど、給料はまあまあだし……」

「だが、いつまでも続けられるものでもないだろう」

「うん。若いうちだけさ。ピチピチした男の子じゃなくなったら、嫌でもヨットを降ろされる。もっとも、俺は客を取らないし、いつまでも船にしがみついている理由はないんだけどね。この先さらに落ちぶれて、やっぱり身を売った方が楽かな、なんて思うようになるのもイヤだし」

ロジャーはトレイスの手を取った。

「おまえにはできないね。誰かれ構わず寝られるほど、神経が太くないからな」

「怖いのは最初だけで、段々と慣れていくのかも。初めは罪悪感に苦しめられていても、じきに何も感じなくなっちまって……」

「で、因業《いんごう》ジジイどものオモチャにされるのを喜ぶようになるとでも？」

ロジャーは鼻先で笑い飛ばした。

「金を出すから縛らせてくれ、金を出すからこのバイブを入れてもいいかい、金を出すから鞭で打たせろ――やって来るのはノーマルな客ばかりとは限らないぜ。ラスベガスには五万と娼婦や男娼がいるが、客とのいざこざでケガをしたり、命を落としたりすることも少なくない。このあたりに男を買いにやって来る奴らは、もうちょっとお上品かもしれないがな」

「言ってみただけだよ……」

トレイスは膝の上に目を落とした。

「島のクラブに踊りに来るのは、何人とセックスできるか競ってるような奴らばっかだ。彼らと寝るのと身体を売るのの違いって、金が絡むかどうかぐらいしかないんじゃないかな。どっちもファックだけの関係だし……でも、そんなことを言って選り好みなんかしてたら、あぶれるだけかもしれない」

「何で、そんな話を聞かせるんだ？」

ロジャーはトレイスの手を引っ張ると、びっくりしたような顔をしたトレイスを抱く。

「もしかして、俺は遠回しに『もう用なしだ』と言われてるのか？」

今夜も月は明るかった。その冷たい光に照らし出されたロジャーは、トレイスが怯んでしまいそうなほど剣呑《けんのん》な表情をしている。

トレイスは弁解した。

「そうじゃない。あんたといるのは凄く楽しいよ」

「だったら、なぜ『次は誰にしよう』みたいなことを？」

トレイスは思わず笑ってしまった。本当は胸が引き裂かれるように痛かったのに。

（そこが今の状態に満足しているロジャーと俺の違いだ。彼はまだ気づいていない。でも、俺は知っている。あんたが俺を捨てていくことを……）

だから、トレイスは未来を憂えずにはいられない。隣にロジャーがいても、独りぼっちになってしまったときのことを考えずにはいられないのだ。

ロジャーが肩を揺さぶった。

「質問に答えろ」

トレイスは掠れた声をあげる。

「あんたはラスベガスに戻って行くじゃないか……」

ついに言ってしまった。まだ引き止めてこそいないが、これでは恨み言を口にしているようだ。自分の意志の弱さがたまらなく嫌で、トレイスは俯いた。

ロジャーはトレイスの顎を親指で弾くようにして擡げさせ、引き締められた唇にキスをする。

そして、傷心の表情を浮かべたままのトレイスに、思いがけないことを言った。

「そのときは、一緒に来ればいい」

「ロジャー……」

「俺もおまえといるのは楽しい。お互いに気に入ってるんだったら、別れる必要なんてないじゃないか」

トレイスは目を見開く。信じられない。夢でも見ているのではないだろうか。ロジャーが別れない、一緒にいようと言ってくれているなんて。

ロジャーは再びトレイスの唇を甘く吸い上げた。

「どこかの馬の骨を探しに行く必要もない。まったく、おまえさんは俺をカッとさせてくれる

よ。俺と一緒にいて、他の男の話をするなんてな」

「ご、ごめん……」

「今の仕事に未練がないんだったら、ここを出ても問題はないんだろう？」

島を出る——その瞬間、トレイスは喉元にナイフを突きつけられたように息を詰まらせた。

そうだった。ロジャーについて行くということは、キーウェストを後にして行くということなのだ。

（故郷を、両親を、アーニーをはじめとする友人達を残して……）

ロジャーがニューオーリンズを捨てたときのように——トレイスの胸に、これまでとは違った恐れが忍び込んできた。

（ロジャーと一緒に行って……そりゃ、最初は信じられないほど幸せかもしれない。だけど、もし彼が俺に飽きて、別れることになったら……？）

おそらく、見知らぬ土地に一人で放り出されることになるに違いない。そう思ってトレイスはゾッとした。生まれてこの方、フロリダから出たことがない人間にはキツい話だ。もちろん、テレビで見たことがあるから、ラスベガスがどんな街なのかは知っているが、そこで自分が暮らしていくことなど想像することもできない。

（砂漠に囲まれた街……海が見えない場所に、俺は耐えられるんだろうか）

トレイスはキーウェストを愛している。ここから離れることは、魂を裂かれるほど辛かった。

また、離れて生きていけるとも思えない。別離が先延ばしになるだけなら、ラスベガスに行くのは無駄のような気がする。

（そう……行って、俺は何をするんだ？　仕事もなくて、どうやって生活していくんだよ）

トレイスには判っていた。おそらく優しいロジャーが面倒を見ることを申し出てくれるだろう。ロジャーと共に住み、彼の食事を作ったりもするかもしれない。だが、トレイスに一番求められることは、彼と寝ることだ。結局のところ、トレイスはその身体で自分の生活を購うことになるのである。

（だめだ……）

ロジャーに頼りきった暮らしを送ることはしたくなかった。そんな生活に希望など持てない。肉の欲望はいつかは薄れていく。そうなれば、身体だけで繋がった関係を維持することは難しいだろう。

（好きだけど……やっぱり行くことはできない）

トレイスは絶望の思いを噛み締める。一瞬、期待してしまっただけに、やはり二人の行く手に待っているのが別れだと認めるのが辛かった。

「どうした？」

ロジャーもそんな彼の逡巡《しゅんじゅん》を感じ取る。彼はトレイスの頬をそっと撫でながら聞いた。

「なんで、悲しそうな顔をしてる？」

トレイスは彼の手をそっと押しやって、立ち上がった。

「俺はこの島を出て行くことはできないよ。ラスベガスも面白い街なんだろうなとは思うけど……でも、俺の場所じゃないよ」

ロジャーがベンチから腰を上げた。その顔を僅かに強ばらせて。

「それは思い込みさ。人間、その気になりゃ、どこでだって生きていける」

「うん。生きてはいける。でも、それだけだ」

トレイスはポーチの柱に寄りかかって、夜空を見上げた。そうしていないと涙がこぼれてきそうだったからだ。

「俺は平凡な人間だし、これといって特技もない。一生懸命さだけが取り柄みたいなもんだ。ラスベガスで俺にできる仕事なんてあるのか？」

「じっくり探せばいいじゃないか。その気になれば、ヨットクラブよりはマシな仕事は山ほどあるはずだ」

「耳が痛いね」

トレイスは苦笑する。

「あそこも裸になるのは嫌だけど、ヨットを操縦すること自体は悪くないよ」

ふと、ロジャーの声に辛辣《しんらつ》さがこもった。

「散々、嫌だと言っていたのはウソだったたってことか？」

「耐えられなくはない、ってことだよ」

月の輪郭がぼんやりと滲む。トレイスは慌てて瞬きをした。

「耐えられないのは、海を離れることかな」

「つまり、俺は偉大なる自然に負けたというわけか」

ロジャーは鼻を鳴らす。

「行きたくないなら、はっきりそう言ってくれて構わなかったのに。下手な言い訳なんかをする必要はない」

トレイスは顔を戻して、ロジャーを見つめる。

「今のは言い訳なんかじゃない。俺の本当の気持ちを伝えたんだ。あんたは俺から何も奪わないと言ったけど、その代わりに俺に全てを捨てさせようとする」

ロジャーが溜め息をついた。

「ちょっと待て。いつ、俺がそんなことをしろと？」

トレイスはそれには答えず、反対に自分の方から質問をぶつけた。

「俺はあんたのために何をしてやれる？　あんたは金も持ってる。カードの才能もある。黙っていたって人が寄ってくる」

「だが、俺が一緒にいたいと思うのはおまえだ」

ロジャーが腕を伸ばす。

トレイスはそれから逃れようとして後ずさった。

「俺もあんたのことが好きだ。生きてきた場所も、生き方もまるで違うけど、凄く惹かれる。でも、あんたを知れば知るほど、俺は自信がなくなってくるんだ。俺のどこが気に入ったのか、判らない。セックス以外に、俺があんたにしてやれることってあるのかい？」

「トレイス……」

「俺もあんたと寝るのは好きだ。でも、それだけのために、あんたの傍にいるのは俺が耐えられない。ここでの暮らしを手放してまで、ついて行くのは怖いんだ。一緒に行けば、あんたが俺の世界の全てになってしまう。その後で、シェインのようにあんたが俺の身体に飽きたとしたら？　あんたにゴミクズみたいに捨てられたら、俺は……」

もう、それ以上、言葉を紡《つむ》ぎ出すことはできなかった。トレイスはポーチから駆け降りると、門の方に歩き出す。

「待てよ！」

ロジャーが追いかけてきたが、トレイスは足を止めなかった。いつものように門に飛びつき、それを乗り越えようとする。だが、

「トレイス！　待て、って言っているのが聞こえないのか」

ロジャーはトレイスの腰を掴むと、圧倒的な力で引きずり下ろした。

トレイスは振り返り、ロジャーをキッと睨みつける。

「危ないだろ……！」

だが、そうして目元に力を入れた拍子に、こらえていた涙が頬に伝い落ちてきてしまった。

そんなトレイスを見て、ロジャーが困惑しきったような表情を浮かべる。

「泣くな。どうして、おまえはそう……」

「俺だって、泣きたくなんかねーよ」

トレイスはごしごし、と手の甲で頬を拭う。それから疲れ果てたように言った。

「もう帰りたい……帰らせて」

「判った」

ロジャーは躊躇いながらも身体を離した。そして、門を上っていくトレイスを見つめながら、独り言のように呟いた。

「目を開けていても、何も見えないと言ったな。俺もそうだ。急におまえのことが判らなくなった。簡単なようで解けない謎——すっかり答えを知っているつもりでいたのに。一体、今まで俺はおまえの何を見ていたんだろうな」

門の外に飛び降りたトレイスが、静かにロジャーを振り返る。

「自分が見たいと思っていたものを……人はみんな、そうなんじゃないのか？」

ロジャーとトレイスの間に立ちふさがる鉄柵——トレイスは思った。二人の心を隔てるものは目には見えないけれど、その鉄柵よりも高く、強固なのではないだろうかと。

それきり、二人は黙りこくった。ホテルから帰る途中も、トレイスの家に戻ってからも。

トレイスは居間のソファの上に、枕とブランケットを用意した。

ロジャーはそれを見ても、何も言わなかった。

（ポーカーランが始まる前に、もう俺達は終わっちまったみたいだ。本当に一晩だけの恋だったな……）

ベッドに横たわって、トレイスは今度こそ滂沱《ぼうだ》の涙を流す。胸に開いた穴が、さらにジリジリと大きくなっていくような気がした。それを二度と埋めることなどできないのではないかと思うほどに。それぐらい果てしない喪失感《そうしつかん》だった。

6

ロジャーはソファにどっかりと座り、まんじりともせずに朝を迎えた。

（起きたみたいだな……眠れたかどうかは知らないが）

頭上から足音が響いてくるのを耳にしたロジャーは、疲れの浮かんだ顔を両手で覆うと、溜め息ごとそれを拭った。このザマで今晩からポーカーテーブルにつくのかと思うとゾッとする。果たして最後まで頭が働くのか、自分でも判らなかった。

（ゲームの前に眠れなかったことなんて、今までなかったのに……）

何だか、すっかり調子が狂ってしまった。明るい金髪、優しい淡褐色《たんかっしょく》の瞳をした、気のいい青年のせいで。

（一昨日《おととい》の夜は綺麗で悩ましい天使だった。ところが昨夜は俺を悩ませる謎めいた悪魔に変わってた。どっちが本当の彼なんだ？）

ロジャーは苛立ちを込めた乱暴な指先を豊かな黒髪に突っ込むと、グチャグチャとかき回す。心底、困惑して。そう、途方に暮れていると言ってもいい。トレイスの気持ちも見失ってしまったが、自分の本当の心も判らなくなってしまったからだ。

(俺はトレイスが欲しい。未だに。こんな状態になっても。だが、その理由は?)

もちろん、彼とのセックスに魅力を感じているというのは大きな要因だ。しかし、ロジャーはトレイスよりも大胆で、淫猥なプレーを好む男達とも寝てきた経験がある。技巧という点では、彼らの方が遥かに上だった。

(だが、一緒にいたいとは思わなかった。トレイスとは違って……)

彼らの目的は明確で、ロジャーの身体だけが目当てだった。だから、面倒なことを言い出しもせず、彼を困らせるような真似もしなかった。

にも拘《かかわ》らず、である。ロジャーの好意を勝ち得たのは、二人の関係を複雑にするようなことを告げ、勝手に泣き出し、さっさと寝室からロジャーを追いやって、一筋縄《ひとすじなわ》ではいかない人間だということを明らかにしてみせたトレイスだったのだ。

(まったく、理不尽なことにな)

だが、それでロジャーは判ったことがある。つまり、彼が求めているのは、トレイスの身体だけではないということだ。問題は『それは何か』というのが、ハッキリしないということなのだが……。

『俺はあんたに何をしてやれる?』

トレイスの言葉が、トゲのようにロジャーの胸に突き刺さっていた。

（何もしなくてもいいから、傍に置いておきたい——だが、それだけじゃ、トレイスは納得しないらしい）

　ふと、ロジャーは思いつく。もしかしたら、簡単に納得して、流れに身を任せようとしない人間だからこそ、自分はトレイスに惹かれるのかもしれないと。

（そう、彼は明らかに、俺の周りにいる奴らとは違う）

　ロジャーの正体を知って、ほとんど態度を変えなかったのもトレイスぐらいのものだった。

　大抵の人々は、ロジャーが例の五百万ドルを稼ぎ出した男だと知った途端、やたらと愛想が良くなったり、卑屈なほど阿《おもね》ったりし始める。そうして、どうやったらロジャーから金を搾《しぼ》り取れるかの算段をするのだ。

　ところが、トレイスは最初こそ驚いたり、感心したりしたものの、しばらくするとそんなことは全く忘れてしまったように振る舞った。それこそロジャーが拍子抜けしてしまうほどの無頓着さで。

（だから、少し試してみようと思った）

　トレイスのホテルに行ってみたいと言ったのは、そこで彼がどんな態度を見せるか知りたかったからだ。トレイスはそのホテルに愛着があるようだった。だから、彼がどうしてもそれを取り戻したければ、ロジャーを当てにしてくるのではないかと思ったのだ。

　しかし、そこでもロジャーの予想は外れてしまった。

トレイスは援助をねだるようなことは、ただの一言も口にしなかったのだ。

その態度はロジャーを感動させるのを通り越して、呆然とさせた。貪欲な人間を見慣れてきたロジャーには、トレイスの無欲さが信じられなかった。

（いかに俺が美徳というものからかけ離れた生活を送ってきたか、ということだな）

そう、ロジャーはそんなトレイスの姿に、却って疑いをかき立てられた。何かウラがあるのではないか、巧妙に思惑を隠しているのではないかと思ったのだ。

ロジャーが「ラスベガスに一緒に行こう」と言い出したのも、そこでトレイスの本性を暴きたかったからだ。一気に環境が変わって、贅沢な暮らしをするようになっても、トレイスが変わらずにいられるかどうかを知りたかった。

（だが、彼はそれも断った。何もしないで無為《むい》に過ごすのが嫌だと言って……）

こうなっては、ロジャーも認めざるを得ない。トレイスは自分に好意を抱いてくれているが、それは金持ちだからではないということを。初めて抱き合った夜、トレイスは自分の心は金では買えないと言ったが、あれは偽りではなかったのだ。もっと切羽詰った状況で、生きるか死ぬかの瀬戸際に立たされていたら判らないが、何とか一人で生きていけるときは、むやみに他人を頼みにしないのがトレイスという人間なのだろう。

（まあ、彼だったら瀬戸際でも潔《いさぎよ》い態度を取りそうだが……）

ロジャーはそっと苦笑する。そう、トレイスは全く知らないタイプだった。だから、自分も調子を狂わせてしまったのだ。

　こちらを騙そうとする人間なら、ロジャーも心置きなくしっぺ返しをしてやることができる。ロジャーを利用してやろうと思う輩は、いかに彼が思い通りにならない男かということを肝に銘じるハメになるだろう。

　けれども、ロジャーは純真で正直なトレイスを、どうやって扱っていいのか判らない。

（こっちも態度を改めないといけないような感じだ。なまじっかな覚悟で彼の傍にはいられないというか……）

　それが已《おの》れを怯ませたことを、ロジャーは渋々認める。そう、自分の生き方を変えられてしまうかもしれないということに、強い抵抗感を覚えているのは事実だった。

（トレイスが求めているのは、俺がここに残ることだ。ラスベガスを引き払い、この海だけしかない島にやって来いと言う）

　確かに、いいところだとは思った。のんびりするんなら、こんな島だとも言った——ロジャーは唇を噛み締める。だが、キーウェストに引っ込んだら、彼の商売は大きな転機を迎えることになるだろう。

　合衆国におけるポーカーの表舞台は、何といってもラスベガスだ。そのネオン煌めく砂漠の街では、毎晩のように最強のプレイヤーと使いきれないほどの富を携《たずさ》えた金持ち達がテーブルを囲み、スリルと興奮に満ちた最高のゲームを行っている。

そして、ロジャー・ラフィットこそは、そのゲームの主役だった。勝っても、負けても、人々は彼に注目せずにはいられない。そして、誰もが口を揃えて言う。「ロジャーのプレイは胸がすくほど見事だ」、「心臓など最初からないような恐るべき度胸の持ち主だ」、「敗れるときでさえ、いっそ清々しいほどの潔さを見せる」、と。

(そうだ。俺はそんな男を喜んで演じてきた。誰よりも巧《たく》みに)

自分はその座を他人に明け渡すことができるのだろうか——ロジャーは胸に問いかけてみた。キーウェストに移り住んだって、飛行機というものがあるのだから、すぐにラスベガスに飛んで、プレイすることはできるだろう。

(だが、さすがに毎晩というわけにはいかない。その『間』がやっかいだな。ゲームの勘が鈍りそうで……)

現場を離れることを、ロジャーは恐れていた。誰にも負けたくなかったから。だが、その一方で、いつまでも勝ち続けてはいられないことも判っていた。ギャンブラーにも最盛期《さいせいき》というものがある。そして、その時期を過ぎてしまうと、あとは衰退していくばかりだ。

(そんな風になったとき、俺には何が残るだろう?)

本当に幸運な賭事師というのは、身を滅ぼさなかった人間のことを言う。実は若い頃どれだけ稼いでも、晩年にはパンを買う金にすら困るという人々の方が多いのが、この世界なのだ。正に浮き草暮らし、明日をも知れぬ不安定な職業だった。何もかも全てを失ってしまうかもしれないという不吉な予感が、常につきまとって離れない。ロジャーも破滅願望などはなかったし、今のところ快適そのものの暮らしを送っているが、何が起こるか判らないのがギャンブラーの定めと覚悟はしていた。

（賭け事をして巧く生き残る方法はただひとつ――どこで退却するかだ）

ロジャーは考える。これは自分に与えられたチャンスなのだろうか。ラスベガスを出て行く時が訪れたのか。だが、まだロジャーには見極めがつかなかった。

「おはよう……」

居間にトレイスが入ってきた。

ロジャーも挨拶を返す。

「おはよう」

その目を見れば、トレイスもまた眠れぬ夜を過ごしたことが判る。ロジャーは思わず安堵《あんど》した。自分ばかりが悩んでいるのではないと知って。

「コーヒー、飲む？」

「ああ。もらおうか」

トレイスは何気なく振る舞おうとしていたが、もちろん失敗している。

彼に応じるロジャーも、自分の態度の堅さを意識していた。

「俺は仕事に出るけど、あんたはどうする？」

「予定通りゲームに出るよ。今夜はイスラモラーダの埠頭《ふとう》に停められてる『ベル・ブランシュ号』が会場だ」

トレイスは頷いた。

「そう……じゃあ、今夜は戻ってこないな」

ロジャーは思わず言った。

「見に来ないか?」

「遠慮するよ」

トレイスは肩を竦める。

「俺自身はポーカーはしないし、あんたも俺がいない方が気が散らないと思うし」

「そんなことはない」

トレイスは苦笑した。

「俺が傍にいると、不運を招くよ。最近の俺はツイていないことばっかりなんだからさ。親父のホテルは潰れるし、シェインにはフラれるし……」

彼はそこでぎこちなく唇を結んだ。

だが、言わなくても、ロジャーには判った。きっとトレイスはこう続けるつもりだったのだ。知り合ったばかりのロジャーとも上手くいかなかったんだから、と。

(トレイスは素早く退却を始めたようだ)

ロジャーは感じる。トレイスの心は恐ろしいほどの速さで、ロジャーから遠ざかっていこうとしていた。気丈《きじょう》にも別れを見据えて――だが、一方の当事者であるロジャーの方には、その覚悟ができていなかった。

そのとき、またポツリとトレイスが言う。

「そうだ、賭けにも負けたんだ。あんたとの……」

ポーカーランの期間中にベッドを共にすることができたら、彼はロジャーのハーレーを手に入れることになっていた。

だが、トレイスは自ら敗北を認めることによって、ロジャーに宣言したわけだ。もう、おまえとは寝ない、と。

（こんなに早く、一方的に降りちまうとは……！）

一瞬、ロジャーはカッと頭に血を上らせた。いっそのこと、ここでトレイスを抱いて、自分が負けてもいいから彼の思惑を崩してやりたくなる。しかし、すぐにロジャーは己れの身勝手さに気づき、恥じ入った。そんなことをしでかせば、トレイスの意志を踏みつけにして、乱暴にレイプするも同然だ。ロジャーはトレイスを傷つけたいと思っているわけではなかった。むしろ、彼との関係を大事にしたいのに――。

（どうすればいい……？）

ロジャーは『手』が詰まったことを感じた。配られた札《カード》は最悪。そして、相手の方が強い札を持っていることも確実だ。そして、自分の方が勝っているように見せようとする『揺さぶり《ブラフ》』にも自ずと限界というものがある。

(降りるしかないのか……このままトレイスと別れることを選んで)

だが、ロジャーが諦めかけたそのとき、思わぬ風が吹いた。

玄関のドアにカギが差し込まれる音がして、やがてノブが回り、勢い良く扉が開かれたのだ。

ロジャーも、そして無論トレイスも何事かと思い、そちらを凝視《ぎょうし》する。

「よお」

二人の前に現れたのは若い男だった。

ロジャーはトレイスに目を走らせる。

トレイスは呆然としていた。そして、掠れた声をあげる。

「シェイン……」

その瞬間、ロジャーは男を振り返っていた。

(こいつが……!)

ロジャーの心に様々な思いが込み上げてくる。シェインはトレイスを捨てて出て行ったのではなかったのか。それがノコノコと戻ってきたということは、仲直りするつもりでいるのだろうか。トレイスはまだ彼のことが忘れられないと言っていた。とすれば、トレイスもシェインとヨリを戻そうとするのだろうか。そう思ったとき、ロジャーは言い知れぬ不快感を味わった。

そして、これまで感じたことのない激しい怒りを。

「マロリー広場の方はスゲエ騒ぎになってるぜ。中に停めたバイクを出せの、いや出せないのって警官と揉めてるヤツらがいるんだ。今年は参加者が多いらしいから、駐車するところがなくて大変だよなあ。まあ、活気はないより、あった方がいい。やっぱ、ポーカーランってのはワクワクするイベントだぜ」

シェインは何事もなかったように喋っている。一ヶ月もの間、不在にしていたとは信じられないさり気なさだ。

それまで気圧《けお》されていたようになっていたトレイスが聞いた。

「どこに行ってたんだ？」

「タンパにセント・オーガスティン」

シェインは首を左右に傾けながら答える。

「どっちもいい街だったけど、やっぱりキーズが一番だな」

それからシェインは今初めて気づいたというように、ロジャーを見つめた。

「この人、誰？」

トレイスは青ざめてきていた。最初は気分が悪いのかと思っていたロジャーも、やがて、それが怒りのためであることに気づく。トレイスの淡いブラウンの瞳に浮かんでいる光が、いつものように優しいものではなく、見る者を刺し貫くほど鋭く、険《けわ》しいものだということに気づいたのだ。それがロジャーの決心を促した。

「俺はロジャー・ラフィットだ」

　ロジャーはソファから立ち上がると、シェインの前に歩いていく。

「あんたの話は聞いてるよ、シェイン」

　シェインは長身のロジャーを見上げる形になって、少し居心地が悪そうだった。

「そ、そう。と、ところで表のバイクはあんたのかい？」

「違う。それより、カギを返してもらおうか」

　ロジャーはシェインの顔の前に手を差し出した。

「え？」

「この家のカギだ。他人に勝手に上がり込まれては困るからな」

　シェインがムッとしたような表情を浮かべる。

「これはトレイスが俺に寄越したんだ」

「だが、今はそれを使う権利はない。おまえはここを出て行った人間だからな」

　シェインはロジャーの身体の脇から顔を出し、縋るようにトレイスを見つめた。

「何とか言ってくれよ、トレイス。一体、この野郎は何者なんだ？　何の権利があって、こんな風に出しゃばってくる？」

　トレイスは腕を組み、そして言った。

「今の男だよ。てめーが出てった後でつき合い始めた」

「何だって？」

シェインは愕然とする。まさか、己れが捨てられるとは思っていなかったという顔だった。彼はトレイスが自分を待っていると信じていたのだろう。そして、戻りさえすれば諸手《もろて》を挙げて歓迎され、またトレイスの懇《ねんご》ろな世話を受けられると思っていたに違いない。

「くそっ、尻軽め！」

シェインが毒づいたその瞬間、ロジャーはシェインの襟首《えりくび》を掴み、それを締め上げた。

「言葉に気をつけろ」

「う……ぐ……」

目を白黒させているシェインから、トレイスに視線を移して、ロジャーは聞いた。

「叩き出してもいいな？」

「もちろん」

トレイスはきっぱりと言う。

「カギを返してくれ、シェイン。おまえとは今後一切、関係を持ちたくない」

さすがに関係修復は不可能だと悟ったのだろう。シェインは憎々しげに顔を歪めると、ポケットに入れたカギを取り出し、床に叩きつけた。

「ほら、返すぜ。淫売野郎！」

ロジャーはシェインの襟首を摑んだまま、ドアに歩み寄る。そして、彼の後頭部を扉にぶつけると、恐怖の色を浮かべたシェインに顔を近づけて言った。

「大人しく出て行くか、それとも大人しくさせられて出て行くか、貴様が選べ」

「わ、判ったよ。手を離せ……っ」

ロジャーは片方の手でノブを回して扉を開け放つと、シェインの胸元を強く押して、玄関から放り出した。

「わーっ！」

シェインは悲鳴をあげながら、ポーチから転がり落ちていく。

ロジャーは氷のような冷たい瞳でそれを眺めやると、くるりと身を翻し、家の中に戻った。

「あいつこそ、クズみたいな野郎だ。ああやって投げ出されるのが似合ってる」

彼が言うと、トレイスが苦笑を浮かべた。

「うん。胸がスカッとしたよ。まさか戻って来るとは思わなかった」

「未練はもうないらしいな」

トレイスは頷いた。

「彼の顔を見て、はっきりと判った。俺はあいつとの幸せな思い出に縋りついていただけなんだって。だけど、もう、そんなときは戻ってこない」

「それを聞いて、俺も胸の支《つか》えが下りた」

ロジャーはしなやかな足取りで、トレイスに近づいて行った。

そんな彼に、トレイスはふと怯むような様子を見せる。

「な、なに？」

「表のバイクは俺のものじゃないと言ったろ」

「あ、ああ」

「あれはもうおまえのもんだ。賭けはおまえが勝った」

ロジャーはトレイスを捉まえると、彼が逃げられないようにきつく抱き締める。

「昨日、おあずけを食らったのが効いたかな。おまえが欲しくてたまらない」

「ロジャー……だめだ」

トレイスは喘ぐように言う。

「嫌だ……もう一度、あんたに抱かれたら……忘れられなくなっちまう」

「ぜひ、そうしたい」

ロジャーはトレイスの耳朶に唇を押し当てる。

「何も遠慮をする必要はない。シェインにも言ったじゃないか。俺はおまえの男だろう？」

「すぐに、そうじゃなくなる……っ」

「ところが、俺はおまえを手放すつもりはない。俺もさっきのおまえを見て、はっきりと判った。俺がおまえを欲しいと思うのは、自分の心に正直に生きているからだ。それを誰にも、何にも歪めさせない強さに惹かれてる」

　ロジャーは耳朶をそっと噛んだ。

「あ……」

　トレイスが溜め息のような声をあげて、身を震わせる。

「俺の周りの人間はカードと同じだ。ゲームごとに心を移し、態度を変える。騙し、騙されることが当たり前になっているんだ。ありとあらゆる欲望に貪欲になるが、たった一つ全く目を向けないものがある。『心から誰かを愛すること』――そんなことをすれば、自分の身が滅びてしまうというかのように、頑なに心に鎧《よろい》をまとう。これも職業病だな。心を許すと、全てを奪われるんじゃないかと不安になる」

「ロジャー……」

　トレイスはまだ戸惑いの表情を浮かべながら、ロジャーを見上げる。

「俺もそうだった。だが、そいつは臆病者のすることだって気づいたのさ。鎧をまとうのは、それだけ弱みがあるってことだ。だから、俺は敢えて胸を開くことにした。本当の俺をおまえに見せる。愛を惜しむなんて、ケチくさい真似はしない。おまえを見習ってな」

　トレイスは囁くように言った。

「でも俺はラスベガスには行かない」

「判ってる」

　ロジャーは微笑んだ。

「シェインの野郎はバカだから、おまえの価値に気づかなかった。気づいたときは遅かったんだ。だが、俺も心しなくちゃいけない。目を離している間に、またどこぞの馬の骨におまえを攫《さら》われるかもしれないからな。だから、俺がこっちに残ることにするよ」

「ほ……本当……に？」

「ああ」

「信じられない……」

　ロジャーはあっけに取られているようなトレイスの顔を見つめた。

「恥ずかしい話をしてもいいか？」

　トレイスが苦笑する。

「ここで？」

「今はセックス抜きだ」

　ロジャーも笑い、それから話を続ける。

「昔話をしたとき……俺は嘘をついた」

「嘘？」

「クリスマスや感謝祭《サンクス・ギヴィング》のことさ。俺はさほど寂しくないようなフリをしただろう？　でも、本当はその季節が死ぬほど辛くて、嫌いだった。自分の孤独を目の前に突きつけられるような気がしたからだ」

トレイスがロジャーの胸元に額を押しつけた。恋しくてたまらないというように。

「判るよ……」

ロジャーは彼の綺麗な金髪を撫でて、その感触を愉しむ。

「金じゃ買えないものがあるってのは本当だな。愛情。家族。友情……でも、金で手に入れられるものもある」

「判ってると思うけど、俺はダメだぜ」

トレイスが軽口を叩いたので、ロジャーは笑った。

「知ってるよ。俺が思い浮かべているのは、小さなホテルだ」

「えっ……」

トレイスは度肝《どぎも》を抜かれて、今度こそポカンと口を開けた。

「このあたりで、俺も将来を考えることにした。しっかりと地に足のついた商売にも手を出してみようと思うんだ。で、出物《でもの》のホテルを見つけたから、それのオーナーになることにした」

ロジャーはトレイスの頬を突く。

「だが、俺はホテルのことなんて判らない。だから、おまえに実質的な経営を任せたいんだ。俺が保証してもらいたいのは、好きなだけバーで酒が呑める権利。それから一番大きな部屋が欲しい。おまえと俺のための」

「ど、どうして……？」

そこでトレイスはごくん、と唾を飲み込んだ。

「俺の……ために……そこまで？」

ロジャーは肩を竦める。

「俺達二人のためだ。俺はポーカーを止めるとは言わない。だが、どこか帰って行ける場所が欲しくなってきた。おまえさえ良ければ……」

トレイスは真っすぐロジャーを見つめた。

「あんたが欲しいのは場所？　それとも俺？」

ロジャーはニヤリとする。

「いいぞ。プライドが高くなってきたな。答えは、もちろん『おまえ』、だ」

すると、トレイスはガックリとロジャーの方に倒れ込んできた。足の力が抜けてしまったのだ。

「大丈夫か？」

「うん」

震える手でロジャーに摑まりながら、トレイスは聞いた。

「本当に俺でいいの……？」

「いいんだ。俺の勘が間違ってないって告げてる」

ロジャーはトレイスの唇にキスをした。

「寂しいくせに、本当は俺を求めているくせに、自分の生き方を曲げるぐらいなら、と俺を遠ざけようとしただろう？　あれでグッときた。拒絶されたのに、どうしても放っておけないような気になって……昨日の夜は地獄だったよ。あれこれ思い悩んでな。下手すると、頭に血が上って、そのままプッツンいってたかもしれない。あれで俺が死んでたら、おまえのせいだ」

「だったら、俺も跡を追う」

トレイスはキスに応えながら、熱に浮かされたように囁いた。

「でも、同じ死ぬんだったら、あんたに抱かれて、貫かれたまま、優しく殺されたい」

「トレイス、そんな言葉を聞いたら、死人も墓場から飛び出してくるぜ」

声をたてて笑ったトレイスは、ロジャーの頬に震える手を当てた。

「夢が叶ったよ……本物の恋を捉まえた。無理に掴み取ろうとしたときには、あんなに難しかったのに……俺にもツキが巡ってきたのかな？」

ロジャーは微笑んで、またトレイスにキスをする。

「こうやって俺の運を分け与えてやったからさ。おまえからもしてみな。もっと幸せになれる」

トレイスはその言葉に従った。そして、ロジャーの首筋にしがみつく。

「あんたが好きだ。ずっと一緒にいてくれ」

「ああ」

「ずっと、そう言いたかった。でも、あんたを縛りつけたくなかったんだ。息苦しくなって、俺から逃げ出したくなるんじゃないかって思って……」

「いーや」

ふと不安そうな顔になったトレイスに、ロジャーは首を振ってみせた。

「息詰まる展開ならポーカーで慣れっこだし、俺は滅多に自分からはゲームを降りない男だ。特に相手がジャクソンなんて名前の男だったら、ラフィット家の意地にかけて退却なんざするもんか。それがジャクソン大統領とは縁もゆかりもない人間でもな」

それで、トレイスも安心した。彼は背伸びをすると、ロジャーの耳元で囁いた。

「上に行く?」

「仕事はどうする?」

「ブッちぎる。どうせ今日も閑古鳥が鳴いてるんだ」

「ホテルを買い戻したら……いや、今すぐに辞めろ」

ロジャーはトレイスを抱き上げながら言った。

「俺以外の奴らにヌードを拝ませてやる必要はない」

二人はトレイスの寝室に行き、服を脱がせ合って、共にベッドの上に横たわった。

朝の光が彼らの身体の隅々《すみずみ》までを照らし出し、暴き出す。

「あんまり見ないでくれよ……恥ずかしい」

ロジャーの強いブルーの視線を感じて、トレイスは顔を赤くした。

「どうして？　綺麗じゃないか。それにヨットクラブでは……」

「あれは仕事だし……それに客のことはメロンみたいなもんだって、自分に言い聞かせてたから」

「俺はメロンじゃないのか？」

「単なるフルーツにしてはセクシーすぎる」

　お褒めに与ったロジャーは、トレイスの脇腹を優しく撫で下ろした。すると、トレイスがくすぐったがって、背を弓なりにする。そうすると、彼の足の間にある果実がロジャーの視界に飛び込んできた。

「セクシーなフルーツもあるぞ」

　ロジャーはトレイスのファルスを両手で押し包むようにした。

「あ……」

「実ると形を変えて、固くなる。そして、熟しても、食べることはできない。舐めるだけさ」

　ロジャーはファルスを擦るようにして鍛えると、身体をずらしてそれを口に含んだ。先端を舐めてから、強く吸い上げると、トレイスは腰を跳ね上げるようにして快哉《かいさい》の思いを露にする。

「や……あ……あっ」

　素直な反応にロジャーは微笑む。彼はトレイスの足をさらに大きく開かせると、中心の果実だけではなく、腿のつけ根や後ろにある密やかな窪みへと続く肌にも淫らなキスを降り注いだ。

「……っ……え……」

反射的に閉じようとする足を押さえつけられて、トレイスは上半身だけを捩《よじ》ると、強すぎる快楽をこらえようとする。

「俺……だけじゃ……イヤだ……っ」

トレイスはロジャーの黒髪に指を絡め、かき乱しながら、切なげに訴えた。

「俺だって……あんたに触り……たいよ」

ブルーの眼が、紅潮したトレイスの顔を捉える。ずっと、それを見ていたかった。そして、もっと彼の身体に密着したい。ロジャーはそのどちらの望みも叶えられる方法を考えた。

「横を向いて」

「う……ん」

ロジャーは左半身を下にして横たわったトレイスを、背後から抱き締める。

「手を後ろに回して……そうすれば、俺に触れるだろう?」

「ああ……」

右手を自分の背中の方に伸ばしたトレイスは、臀部に軽く触れているロジャーを握った。

そして、ロジャーはトレイスの横顔に口づけながら、彼の前に腕を伸ばして、すでに実りかけたファルスを掌に収める。

背中と胸を合わせ、互いを探り、足を絡めながら、二人は肉体の触れ合う親密な感覚をとこ

とん味わった。ロジャーが首筋を愛撫すると、トレイスはその快感をロジャーの肉に伝える。淫らな指の動きが、ロジャーを昂らせた。

「もう少し俯せ気味になって……」

ロジャーはそう言うと、両手で下腹を抱えるようにしてトレイスの腰を上げさせた。そして、自分の方に少し仰け反らせた顔にキスをしながら、長い指でトレイスを犯し始める。

「あっ……あっ」

トレイスの身体は指を呑み、それを締めつけた。ロジャーが粘膜を強く擦り上げるようにすると、俯せになった彼はシーツをきつく掴み、グッと引き寄せながら喘いだ。だが、決して身体を緊張させない。トレイスはとことん身体を開き、ロジャーが望むままに彼を受け入れるつもりなのだろう。そんな彼の姿に愛おしさを募らせたロジャーは、己れのものを掴み、それ自らが滲ませたものを助けにトレイスを貫いていく。

「く……」

ゆっくりと押し広げられる感触に、トレイスは腰を震わせた。

ロジャーは宥めるように彼のファルスや胸の飾りを指先で玩ぶ。そして根元まで自分を埋め込むと、リズミカルにトレイスを穿《うが》ち始めた。

「や……あ……」

やや無理のある姿勢を取らされているトレイスは、ほとんど身動きできないままにロジャーの甘い蹂躙《じゅうりん》を受け入れなければならない。切なくもがき、喘ぎ、そして啜り泣きながら、それでもトレイスは腕を背後に回して、ロジャーの身体に触れようとする。髪や、肩、あるいは腰などを。優しくも扇情的なタッチはロジャーを快くさせる。彼はそのご褒美《ほうび》として、さらに強く、深くトレイスを抉った。

「うっ……う……く……っ」

ビートに合わせて吐息を吐き出す口に、ロジャーは自分の指を含ませてみる。するとトレイスは赤子のようにそれを吸い始めた。ロジャーは彼の歯列や上顎のアーチなどを指の腹で辿って、思う存分口の中を探り、玩んだ。そして濡れた指先で、トレイスの尖った乳首に悪戯を仕掛ける。

「舐められてるみたい？」

ロジャーの問いに、トレイスは喘ぎながら、こく、こく、と頷いた。

「だったら、こっちもそんな感じがするかな」

ロジャーは手を下げて、昂ったまま放り出されていたトレイスのファルスに触れた。だが、そちらはもう濡れていたので、あまり判らなかったようだ。

ロジャーはトレイスの首筋に顔を埋めながら、動きを速めた。強く、さらに強く、絡みついてくる肉を貫き、貪る。

トレイスが限界を訴えた。

「あ……も……もうっ……」

ロジャーもギリギリだった。目も眩むような快感の中、トレイスのファルスの先端を擦り上げ、躍るトレイスの腰に自分の欲望を叩きつける。

「あーっ」

深みを突かれたトレイスは悲鳴をあげると、握り締めたシーツをグッと自分の方に引き寄せた。切なく震える指先が布地をかき寄せ、皺を生み出す。そのまま腰を引きつらせ、トレイスはクライマックスを迎えた。

そして、ロジャーも蕩けるように熱いトレイスの中で歓びを極める。ぐったりとした恋人の胸を抱き寄せ、生き生きとした命の躍動《やくどう》を掌に感じながら。

「おまえだけにしか教えないよ《シュ・ヌ・ディカ・トワ》」

ロジャーはトレイスの耳元にフランス語で内緒話の決まり文句を囁いた。

「なに……？」

トレイスは震える瞼を上げて、のろのろと首を巡らせる。

ロジャーはうっすらと開いた彼の唇に自分のそれを重ねた。

「俺は誰も愛したことがない。俺に我慢できる奴もいなかった。『寛容』なんて名の男以外にはね」

トレイスは微笑み、それから言った。

「俺、ようやく自分の名前を好きになれる気がするよ」

7

満たされた気分で旨寝《うまい》を楽しんだ後、ロジャーはトレイスを伴って、イスラモラーダの港に停留されている『ベル・ブランシュ号』を訪れた。

船上はプレイヤー達のふかす煙草の煙で、一メートル先も見えないほどだった。それでも、ロジャーが姿を現した途端、目ざとくそれを察知した人々の間から、抑えきれない興奮のどよめきが上がる。

「あいつ……ロジャー・ザ・ブルーだ！」

「えっ、あれが！」

「いい男じゃないの」

「おまけに大金持ち。五百万ドルも稼いだのよ」

「まったく、不公平な世の中だぜ」

トレイスは洩れ聞こえてくる言葉を耳にして、ロジャーを振り返った。

「本当に皆、あんたのことを知ってるんだな」

「そして、皆、俺を標的にしている。本当は好意的な視線の方が少ないんだ」

周囲を見渡したトレイスは、彼の言葉が正しいことを知る。そこにあるのは敵意、または羨望の鋭い眼差しばかりだった。

(でも、ロジャーは全く気にしていない)

どんな悪意も傷つけることはできないほど、ロジャーの態度は自信に満ちて、堂々としていた。そんな彼の内側から輝き出すような魅力に、トレイスは感嘆の溜め息をつく。どんな困難な状況でも笑っていそうな男——まさに。

「よお、ラフィット。せっかくの大金を海に捨てにきたのか?」

そのとき、以前トレイスが頭の中で描き出したようなギャンブラー——髭もじゃで、強面の男がロジャーに声をかけてきた。

「リチャードソン」

ロジャーは挨拶代わりに男の名前を呼んだ。それからトレイスを振り返った彼は、小さな声で囁く。

「ハンク・リチャードソンだ。俺の前の年のポーカー選手権のチャンプだよ。こいつとは本当に一緒の席につきたくない」

「強いから?」

トレイスも囁き返す。

「いいや。カードがテーブルから滑って落ちるほど貧乏揺すりをするからだ」

「なに、ごちゃごちゃ言ってんだ？」

リチャードソンは頭に被ったテンガロンハットを直すと、言った。

「早く俺のテーブルに来いよ。賭け金が高くなってて、もう滅多な新顔は入ってこれねえんだ」

「あんたのテーブル？」

「そうだ。チャンやパパンドレウ達には、また別の意見もあろうがな」

「俺も二人に同意見だ。ああ、こっちらしいぞ、トレイス」

ロジャーがトレイスを連れて行こうとすると、リチャードソンが眉を顰めた。

「なんだ、その小僧は？」

トレイスはその蔑《さげす》むような声の響きを聞いて、リチャードソンのことが大嫌いになる。

「俺の幸運の……まあ女じゃないから、天使ってところかな」

ロジャーはそう言って、トレイスを見つめる。

リチャードソンが唾を吐く。

「けっ。あいかわらず趣味の悪い野郎だ。とにかくおまえの身内ってことなら、あまりテーブルには近づけんなよ」

ロジャーは片方の眉をキュッと上げた。

「彼を使ってイカサマをするとでも？」

「ふん、用心に越したことはないだろ？」

「あいかわらず鼠《ねずみ》の心臓だな、リチャードソン」

「何とでも言え」

リチャードソンは「先に行っているぞ」と告げて、テーブルに戻って行った。

溜め息をついたロジャーに、トレイスは話しかける。

「残念。近くじゃ見られないみたいだな」

「すまない。向こうも金がかかってるからな」

ロジャーは、リチャードソンのことをトレイスに説明した。彼はロジャーにとって宿命のライバルと言ってもいい男で、大きなゲームでは必ず戦うはめになっていること。ポーカーはギャンブルの中でもプレイヤーの優劣が勝敗を分けるゲームなので、ビギナーズラックは滅多に起こらないということ。そして、ロジャーとリチャードソンは実力といい、運といい、まさに五分五分のプレイヤーなのだということなどだ。

「今夜はたぶん百万ドルあたりのゲームになる」

「そんなに……！」

「リチャードソンは二度ほど獲物を逃してるから、今度はしゃかりきになってくるだろう。幸運を祈っててくれ」

ロジャーの言葉に、トレイスは頷いた。

「じゃ、行ってくる」

ロジャーはそっとトレイスの頬に触れると、この船の中で最も苛酷《かこく》な戦いが繰り広げられているテーブルに向かった。


順調なテンポでゲームは進む。このテーブル上で行われているのは玄人のためのポーカー、『テキサス・ホールデム』だった。

「チップをどうぞ」

ゲームには直接加わらないディーラーが言う。

手元に配られた二枚の手札《ホールカード》を見たリチャードソンとロジャー、そしてチャンとパパンドレウ――つまりはラスベガス組――は、グリーンのラシャに覆われたテーブルの上に開示されているプレイヤー共通の札《アップ・カード》を確かめると、それぞれに賭け金を吊り上げた。

「千ドル」

「こっちもだ」

ロジャーとリチャードソンが当然のように言う。

ディーラーがチャン達を見渡した。

「レイズですが?」

チャンとパパンドレウは苦々しげな表情を浮かべ、カードを放り出す。

「つき合っちゃいられねえよ。次のゲームで仕切り直しだ」

「俺も降りる」

ロジャーが言っていたように、やはりこのゲームはリチャードソンとの一対一の勝負になりそうだと、トレイスは思った。

(頑張れ……!)

今のところ、ロジャーは冷静にゲームを進めているようだ。他のギャラリーに交じって応援をしているトレイスは、心の中で元気良くエールを送る。

しかし、ゲーム自体の流れはリチャードソンの方に有利だった。

「ハートのフラッシュ、また俺の勝ちだな」

ポットに集められた大金を全てかき集めるリチャードソンの姿を見て、トレイスはハラハラする。だが、ロジャーの表情は平静そのものだ。次のカードが配られる前、ロジャーはトレイスを振り返り、親指を立ててみせるほどの余裕も見せた。

それでもリチャードソン優勢《ゆうせい》のまま、ゲームが進んでいくことは変わらない。トレイスの手には、いつの間にか、冷汗が滲み出ていた。

ロジャーはディーラーにマーカーを要求して、十万ドルのクレジットを申し込んだ。信用がある彼は、すぐにチップを手に入れたが、それもまたゲームが進むにつれ、見る間に減っていく。

「どうした？　ツキは逃げたみてぇじゃないか？」

リチャードソンのからかいに、ロジャーは周囲の者がハッと息を飲むような美しい笑みを浮かべた。

「ゲームの行方は最後まで判らない。それがポーカーだろ」

「だが、今日の俺には敵《かな》わねえと思うぜ」

「それはこっちのセリフだよ、リチャードソン。俺は五千ドルレイズだ」

「じゃ、俺も五千だ」

観客がどうっと盛り上がる。

「やだねえ、若いもんはすぐに熱くなって……ほら、俺はここでリタイアだ」

そうぼやいたパパンドレウは、最後のチップをディーラーに放り投げると席を立つ。

続いてチャンがゲームを降りた。

「まったくだ。こんな殺気立った奴らとはつき合えねえ」

二人は最初から自分達をイベントのスペシャルゲストと位置づけていたので、そうそう大金をかけてヤケドをするつもりはないのだ。

アップカードにあるのはスペードの9、スペードの10、そしてハートのエースだった。

ロジャーの手元にはクラブの9、そしてダイヤの9のワンペアがあるから、アップカードとして出ているスペードの9を使えば、スリーカードが作れる。

(さて、リチャードソンの手は何だ?)

さらに一万、二万と賭け金が吊り上がっても、二人には降りる気配がなかった。

「揺さぶり《ブラフ》もいい加減にしろ。大した手でもないくせに」

リチャードソンが苛立ったように言う。

ロジャーはクスッと笑った。

「そう言いながら、疑ってるんだろ? 言っておくが、俺のは凄いぜ」

ハンクの視線が素早くテーブルの上を走る。落ち着きがなく見えるが、彼ほどのプレイヤーとなると演技も堂に入《い》っているので、この程度では判らない。

ロジャーは目をこらし、リチャードソンの顔や動作から、彼の心情を読み取ろうとした。そのとき、彼は、ふとリチャードソンの貧乏揺すりが小さくなっていることに気づく。

(どうしてだ? ゲームに集中してるからか?)

ロジャーは手札を見ながら、考える。そして、ディーラーに言った。

「もう一万レイズだ」

「俺も」

リチャードソンはまだ食らいついてくる。

ロジャーは不安になった。これは、よほど良い手なのではないだろうか。

(これ以上、傷を拡げる前に降りるべきか?)

彼は顔を上げ、そしてギャラリーに隠れるようにして立つトレイスを見た。すると、トレイスは微笑み、グッと親指を立ててみせる。迷いを見せていたロジャーは、思わず苦笑を浮かべた。

(そうだ。ここで弱腰になるのは、俺の流儀じゃねえよな)

ロジャーもまた、リチャードソンにとことん噛みついていった。ポーカーは『突っつくもの』という言葉が語源になっている。特にこのゲームを好むのは、あくまで好戦的で根性がある者ばかりなのだ。

「ショーダウンです」

ディーラーが言った。ついに、手持ちのカードを披露《ひろう》するときが来たのだ。

それまでに手持ちのチップのほとんどを賭けていた二人は、息を飲むようにして互いの手元を見つめる。

「くそったれ……俺の手を見せてやるぜ」

リチャードソンは銜えていた煙草を吐き捨て、二枚のカードをテーブルに広げた。スペードのエース、そしてクラブの10——アップカードにはハートのエースとスペードの10がある。つまり、彼はツーペアを作っていた。

「さあ、おまえは?」

リチャードソンに促されたロジャーは、ギャラリーが息を止めて注目する中、テーブルの上に一枚、一枚カードを開けていった。

「クラブの9、そしてダイヤの9だ」

おおおっと観客の歓声があがった。アップカードにスペードの9があることは、もう皆知っている。スリーカードを作ったロジャーの勝ちだ。

「明日、また遊んでやるぜ」

ロジャーが微笑むと、リチャードソンは帽子を床に投げ捨て、それを乱暴に踏みつけた。

「くそっ！　くそっ！」

観客はそんな彼に構わず、興奮した会話を交わしている。

「すげえ！」

「なんて度胸だ。すげえ腕だ！」

「五十万は稼いだわよね？」

テーブルを立ったロジャーは押し寄せてくる人の波の中に、トレイスの姿を探した。

「どこだ、トレイス？」

「こっちだよ！」

トレイスはロジャーに駆け寄り、抱きついた。

「これで屋根の修理ぐらいはできるかな」

「もちろん！　ポーチのベンチも替えられるよ」

二人は声をたてて笑う。

ディーラーがロジャーに聞いてきた。

「ミスター・ラフィット、賭け金はどうなさいます？」

ロジャーは頷く。

「ああ。明日までキープしておいてくれ。トレイス、来い。遅れるなよ」

ロジャーはそう言い残すと、祝いの言葉を述べようとして集まってきた人々の間を駆けぬけてゆく。トレイスも慌てて彼の後を追った。


店の外にはロジャーのバイク、いや、今ではトレイスのものになったダイナ・グライドが、銀色のクールな輝きを放ちながら待っている。ただし、寛容なトレイスはこのバイクをロジャーに貸すことに同意していた。

ロジャーはトレイスと一緒にバイクに跨がると、エンジンを唸らせながら走り出す。

「どこに行くんだ？」

「うちに帰るんだよ」

トレイスは彼が『うち』と言ったのが妙に嬉しくて、頬を緩めた。

「家に帰って、どうする?」

「今度は俺達で賭けをする」

ロジャーは神妙そうに言った。

「三分以内におまえをソノ気にさせたら、このバイクを返してもらう」

「いいよ」

トレイスは頷きながら、迷った。今度も負けるべきか、それとも勝つべきか。

(でも、俺は自分でバイクを運転するより、こうやってロジャーにしがみついていた方がいいもんな)

この腹筋の素晴らしい手触り——トレイスは微笑む。決めた。やはり、わざと負けてやろう。

たぶん、二分三十秒ぐらいで。

「お手前、見せてもらうぜ、『ブルー』」

トレイスは彼の耳元で囁いた。

「ソノ気になった俺を、どう扱うか判ってるだろ?」

「もちろん」

ロジャーはちらりと背後を振り返って笑った。

「おまえが望むだけ、俺は優しい殺人者になるのさ」

THE SAVAGE'S SUITE

1

トレイスは神経質になっていた。明らかに。

「……うん……うん……大丈夫だって……ちゃんと天気予報も見てる」

二人で塗り直したばかりのミントグリーンの鎧戸《よろいど》に施した目張りを、次々と釘で固定しながら、ロジャーは漏れ聞こえてくる声に耳を傾けていた。

「確かに足は速いけど、あのときみたいな大型じゃないって話だし……うん、避難してる人もいないよ……そう、ロジャーもいてくれるし、何も心配することないってば。だから、父さん達も旅行を楽しんで……判った……じゃあね」

受話器を戻す音に続いて、何かを蹴る気配がする。おそらくは頑丈なベッドの足を。

「くそ……っ！」

鬱憤《うっぷん》を晴らすつもりが、却って自分の足を痛めてしまったらしい。思わず口にした繰《く》り言《ごと》は泣き声交じりだった。

「汚い言葉は使いたくない……使いたくないけど……ファック！　何で今頃ハリケーンが来る

んだよ！　こちとら、建物の手入れを済ませたばかりなんだぞ！　いつも、いつも、いっつも、人の努力を無駄にするような真似をしやがって……っ！」

仕事を終わらせたロジャーは、口に銜えていた釘を道具入れに放り込むと、静かに呟いた。

「報われるとは限らないのが努力ってもんさ、ベイブ」

運と天候は、人間の思い通りにはならない。

約一年前から、ここキーウェストに住むようになったギャンブラーは、そのことを思い知っている。突然の夕立。それが夢だったかのように赤々と照り映える空。午睡《ごすい》を誘う昼の微風が、夜にはおちおち寝てもいられないような暴風雨になっていたこともあった。

長年、ホテルの部屋とカジノのポーカーテーブルを往復するだけの単調な生活を送ってきたせいだろう。一刻ごとに鮮やかな変化を遂げる自然は、ロジャーの青い眼に興味深く、新鮮なものとして映る。だが、そんな風に感じるのは、まだ『お客様』気分が抜けていないからだということも判っていた。

家屋敷が紙屑のように吹き飛ばされたり、そのせいで生命の危機に見舞われたという経験を持つ人間だったら、そんな呑気なことは思っていられない。ハリケーンと聞いただけで怖気《おじけ》を振るい、鬱々《うつうつ》とした気分になるはずだ。例えば、今日のトレイスのように。

(可哀想に……気が気じゃないんだろうな)

トレイスの父親が、この『クレセント・ムーン・ホテル』を手放す羽目に陥ったのも、ハリケーンのせいで破損した建物を修理する資金を借りたのが原因だった。そのときの苦悩、そして悲しみを二度と味わいたくないという恋人の気持ちは、ロジャーも重々理解している。だが、もう少し肩の力を抜いてもいいのでは、と思わないでもなかった。

(さっき、親父さんにも言ってたけど、俺が一緒にいるんだからさ)

ロジャーの唇を苦笑が掠《かす》めた。献身的なトレイスは人に尽くされるのが苦手だ。雛《ひな》を見守る母鳥のように他人の心配はするくせに、自分の悩みはできる限り隠そうとする。ロジャーの前では、特にその傾向が強い。

「なぜ、相談しない?」

休業中に離れてしまった客足がなかなか戻らないことを不安に思い、胃薬ばかりを飲んでいたトレイスを見かねて、ロジャーは詰め寄ったことがあった。

「俺はそんなに頼りないか?」

「違う!」

トレイスはそんなこと思ってもみなかったという表情を浮かべると、慌てて弁解した。

「そうじゃないよ。ただ……そんな小さなことで悩んでるのか、って思われそうだったし……鬱陶《うっとう》しい奴だなって思われるのが怖かったから……」

ロジャーは溜め息をついた。

「集客の問題は小さなことなんかじゃないし、俺はおまえを鬱陶しいだなんて思わない。何をするにも一生懸命だし、不器用なまでに一途だってことも判っている。そんなところがいいと思ったから、こうして一緒に暮らすようになったんだ。だから、大好きなおまえが苦しんでいるのを、黙って見ていられない。俺にできることがあったら、何でもしてやりたい。おまえは一人じゃないんだ。もっと俺を信じて、頼ってくれないか?」

話しているうちに高ぶってきた心のままに抱き締めると、トレイスは見るからに幸せそうな微笑を浮かべ、『今度からはそうする』と約束した。

だが、その後もロジャーが水を向けない限り、自分から悩みを打ち明けることはなかった。最初はそれを不満に思っていたロジャーも、時が経つにつれ、判ってきた。トレイスは誰にも頼りたくないのではなく、頼り方を知らないのだということを。

優しくて聡明な子供だったトレイスは、ホテル経営で多忙を極めていた両親を慮《おもんぱか》って、極々《ごくごく》小さな頃から自分のことは自分でする習慣を身につけた。

ホテル経営が頓挫《とんざ》し、世間の荒波に放り出された後も、自分でヨットクラブの仕事を見つけ、糊口《ここう》をしのいできた。

いつも一人で何とかしなければならなかったから、それが当然だと思っているのだ。

もちろん、ロジャーもトレイスの自立心は尊重したい。だが、甘えることを知らずに育った彼を、とことん甘やかしてやりたくもあった。

そう、今となっては、パートナーとなった自分だけに許されることだから。

(言いたいことは、俺に言え。独り言なんて、寂しすぎるだろ)

ロジャーは工具箱を片付けながら、目張りされた鎧戸の向こうに思いを馳せた。物音はしないが、出て行った気配もなかったから、たぶんまだそこにいるのだろう。

ヘミングウェイの屋敷に住む猫達のように、ベッドの上で丸くなっているか、ぺたりと床に座り込んで、痛めた足をさすっているのかもしれない。

どちらも想像しただけで、思わず抱き締めたくなる姿だ。だから、ロジャーはどんな格好をしているのか、確かめに行くことにした。想像通りであることを期待しながら。


客室の中で一番広い部屋を、二人の住居として確保すること。

それはロジャーが『クレセント・ムーン・ホテル』を買い戻すときの条件だった。

そして、トレイスが選んだのはラタンの引き戸で仕切り、何とか二間続きの体裁を取り繕《つくろ》った『サンクチュアリ・スイート』と呼ばれる部屋だった。聖域。禁猟区。二人きりの安らぎの場——まあ、リゾート地のホテルにはありがちな命名だが、ロジャーは気に入っている。

そこにトレイスといるとき以上に、心の平安を感じることはないからだ。もっともロジャーの肉体は安らぐどころか、獣のように激しく恋人を貪《むさぼ》るのが常だったけれど。

(さすがにオン・シーズンは遠慮するけどな)

アットホームな雰囲気に拘《こだわ》るトレイスは、客足が戻った後、目が回るように忙しくなっても、『従業員を増やしたらどうか』というロジャーの提案に、なかなか同意しようとしなかった。

「大丈夫。ずっと、この体制でやってきたんだし、家族だけの方が気楽だよ」

しかし、くたびれ果てた姿で部屋に戻ってくるなり、気絶するように眠ってしまうトレイスを見かねたロジャーは、やはり他人を雇うことに消極的な彼の両親を説き伏せて、客室清掃とベッドメイキングを通いのハウスメイドに委託させることに成功した。

最初は文句を言っていたトレイスも、さすがに身体が楽になったことは否めなかったのだろう。元々人懐っこい性格だから、すぐにハウスメイドとも親しくなって、今では家族の一員のように接している。かつてロジャーを自分の懐に迎え入れたときのように。

そう、トレイスは誰にも優しいし、誰とでも仲良くなれる。

それは彼の美点だったが、ときどきロジャーは思わずにはいられないのだ。トレイスと親密なのは自分だけであって欲しい。自分にだけ、優しくして欲しいと。

もちろん、子供っぽい独占欲だという自覚はあるので、ロジャーがその願いを口にすることはなかった。現実的に考えて、ホテルを営業している以上、トレイスを独り占めすることなど不可能だということも判っている。

(今日みたいな日を除いて、な)

スイートのドアを潜りながら、ロジャーは微笑んだ。被害が及ばない限り、嵐が訪れるのも悪くないと思っていることを知ったら、トレイスは呆れたような表情を浮かべるのだろうか。それればかりではなく、非難の言葉を口にするかもしれない。どちらの可能性も高いことは考えるまでもなかったので、やはり本音は隠した方が無難だった。しかし、

「何、嬉しそうな顔をしてるんだよ?」

部屋に入ってきたロジャーを見るなり、トレイスは言った。

「達成感だよ、達成感。目張りは全部終了。これで突風が吹き付けても、鎧戸が吹き飛んだり、窓ガラスが割れたりすることはないぜ」

そんな風にごまかしながら、ロジャーは心の中で苦笑する。ベガスのチャンプも形無しだ。ポーカーテーブルで鍛え、磨き抜いたはずのクールさも、最愛の恋人の前では簡単に融解してしまう。もっとも、ハリケーン対策に余念がないトレイスは、そのことに気づかなかったので、ロジャーは何となく物足りないような気分に陥った。

「窓は大丈夫……他に準備しておくことはなかったっけ?」

考え込むトレイスを見ているうちに、ロジャーの不満はさらに募る。もっと自分を見て欲しい。その胸に思い描くのは、いつも自分のことであって欲しい。すぐに触れられるほど近くにいるのに、なぜか果てしない距離を感じて、ロジャーはとっさにトレイスを引き寄せた。

(ここに……いる)

掌から伝わる温もりにホッとして、ロジャーはさらに包み込むようにしなやかな身体を抱き

締める。そして不審そうに自分を見上げている顔に、そっと微笑みかけた。判っている。もう、どうしようもない。情けなくなるほどメロメロだ。

「な……に？」

あまりにもジッと見つめられて、不安になってきたのだろう。トレイスの声が少し掠れた。

確かにもっと自分のことを思って欲しいと願ってはいるが、心配させるのは本意ではない。

ロジャーはトレイスの頬を優しく撫でた。

「予約客への連絡は済ませた。全員キャンセルで送迎の心配もなし。自家用発電機のコンディションは良好。飲料水と食料品の補充も完了。風雨対策も万全だ。他に何か、おまえさんがやらなきゃならないことがあるとすれば、俺の腕の中でリラックスすることだな」

トレイスの白い歯が覗く。少し恥ずかしそうに笑って、彼はロジャーの胸に額を押しつけた。

「ごめん……俺、余裕なかったな」

「仕方ないさ」

「窓の目張りとか屋根の補強とか、大変なところを全部やってもらったのに、まだ御礼も言ってないし……」

「ふむ、礼をしてくれるつもりがあるなら、言葉より欲しいものがあるんだが？」

「欲しいもの……ああ、判った」

勘のいいトレイスは顔を上げると、両手でロジャーの後頭部を引き寄せる。そして、満足気な微笑を浮かべている唇に口づけた。小鳥同士が嘴《くちばし》を突っつき合わせるような短いキスだ。

「ん……う」

はっきり言って、物足りない。だから、すぐに離れていこうとするトレイスを、ロジャーは許さなかった。背中を掻き抱き、驚愕《きょうがく》に開いた唇に舌を滑り込ませる。

「もう一つ、御褒美をねだってもいいか？」

滑らかな歯列をなぞり、敏感な口蓋《こうがい》をくすぐり、粘膜同士を絡め合わせ、たっぷりと互いの口を味わった後で、ロジャーは聞いた。

うっとりしていたトレイスは、瞼を閉じたままで呟く。

「いいよ……」

「おまえが欲しい」

花の蕾が綻《ほころ》ぶように、震える瞼の下から琥珀色の瞳が現れた。

「それは褒美にならないって」

「なぜ？」

トレイスは苦笑する。

「判らない？　本当に？」

本当は判っている。だが、ロジャーはトレイスの口から聞きたかった。

「教えてくれ」

「もう、あんたのものだから」

言い終えたトレイスは、再びロジャーの凝視に気づいて、ぱあっと頬を染める。

「な、なんだよ？　俺、おかしなこと言った？」

「いや……」

「じゃあ、何でだんまりを決め込んでるんだよ？」

「感動していたんだ」

「馬鹿にしてるんじゃなくて？」

「当たり前だ。そんなことするわけないだろう？」

「だったら、いいけど……」

名前通りに寛容なトレイス。そう、判っていた。彼はロジャーに何も惜しむところがない。欲しがれば欲しがるだけ、与えてくれる。それでも足りないと思ってしまうのは、ロジャーが貪欲《どんよく》すぎるのだろう。トレイスに対する飢えだけは、どうしても満たすことができないのだ。

「俺以外で、他に欲しいものはないの？」

トレイスの問いに肩を竦めかけて、ロジャーはふと思いついた。飢えといえば、朝から働き詰めで、酷く腹も減っている。

「簡単なもので構わないから、食事を用意してくれないか？」

「いいよ」

トレイスがにっこりする。

「気が合うね。俺もさっきからお腹が鳴りっぱなしなんだ。とりあえず夕べのチキンスープを温めて……あとはコールドミートとパンでいいかな？　確か、パルマ産のハムが残っていたと思うんだ」

ロジャーは頷いた。

「申し分ない」

「判った。じゃ、ちょっと待ってて」

それなら、さっさと食べ終わり、同じぐらいさっさとベッドに潜り込むことができるだろう。

そんなロジャーの下心を知らないトレイスは、軽やかな足どりで階下にあるキッチンへ向かった。まったく、『天使のような人』というのは、彼みたいな人間を言うのだろう。

2

食事を済ませ、浴室で水遊びがてらシャワーを浴びた二人が、シャリッと肌触りのいいアイリッシュ・リネンのシーツに上に転がる頃には、ハリケーンも猛威を振るい始めていた。

「誰だよ、小型だって言ったのは？」

吹きすさぶ風の音、そこら中にバケツの水を叩きつけるような豪雨に、せっかく笑みを取り戻したトレイスの顔が曇る。

だが、ロジャーは焦らなかった。こんなこともあろうかと、トレイスが食事を作りに行っている間に『仕込み』をしておいたからだ。

「足は速いんだろ。だったら、明日の朝には、俺達の頭上を通り過ぎてるさ。それより……」

むくりと起き上がったロジャーは寝台の下に手を伸ばすと、レモンバームの香りがするキャンドルを取りだした。それをサイドテーブルの上に置き、愛用のジッポで火をつけた後、室内の照明を落とす。

「『ごっこ遊び』をしないか？　ここは南海の孤島――そこにある洞窟の中で……」

ロジャーの趣向を理解したトレイスは、柔らかな炎に照らし出されている瞳に悪戯《いたずら》っぽい光を踊らせる。

「悪くない設定だけど、南海の孤島にアロマ・キャンドルが存在している理由は考えた？」

「土着の神の粋《いき》な計らい、ということにしよう」

「神様は何でもご存じだから、俺の好きな香りも知ってるんだ？」

「ああ。生け贄が歓んで自分に身を捧げたくなるよう、心を配ってるのさ」

トレイスは自分を指差した。

「生け贄って、俺のこと？」

「ああ。俺は肉体を持たない神の代わりに、おまえさんを楽園に送り届ける神官だ」

「どうやって？」

ロジャーは言葉の代わりに、我が身を以《もっ》て知らしめることにした。

「……っ」

禊《みそ》ぎを済ませたトレイスの身体からは、キーライムの爽やかな香りが立ち上る。ロジャーは酸味が強いと判っている果実に齧りつくときのように、勢い良くトレイスの首筋に歯を立てた。

びくっと慄く肩を抑えつけ、うっすら残る歯形の痕を舌で辿ると、トレイスがほっとしたような溜め息をつく。ゴシック・テイスト溢れる街、ニューオーリンズで生まれたロジャーは、以前『吸血鬼ごっこ』をして、トレイスの身体中に噛み痕を残したことがあった。やっている間は「少し痛いけど、たまには強引なのも悪くないな」と思っていたらしいトレイスも、翌朝、色とりどりの鬱血《うっけつ》で彩られた自分の身体を鏡の中に見いだして、考えを改めたらしい。以来、「客の目に止まるとまずいから」という理由で、ロジャーのライトＳＭ趣味は禁じられている。とりあえず、オン・シーズンには。

「ひんやりしている……湯冷めしたか？」

言いながら胸元に掌を滑らせると、トレイスの背がゆっくり反り返る。彼は感じやすかった。とても。

「平気……すぐに熱くなるから」

「ああ。俺が温めてやる」

身を起こしたロジャーは、トレイスが愛するその蒼い眼で恋人の姿を堪能した。ヨットクラブにやって来る好色な客の鑑賞に耐えてきたトレイスの肉体は、ロジャーに比べてほっそりはしているものの、弱々しさは一切感じさせない。とてもしなやかで、美しかった。もっとも、以前と違うところもある。自分以外の人間の前でヌードを披露することをロジャーに禁じられたトレイスの下半身には、去年の水着の痕がうっすら残っていた。

「あ……」

ロジャーはその色の境目を指先で辿る。腿の外側から内側へ。ゆらりと開いた狭間の奥へ。間もなく与えられる甘い快楽への期待からか、それだけでトレイスは感じ入った声を上げた。

「しょうのない坊やだ。まだ何もしてないのに」

からかいながら足の付け根を親指でさすると、トレイスは嫌々をしながら自らを昂らせる。ロジャーはそんな淫らさも含めて彼を愛しているのだが、慎み深いトレイスは二人きりの寝台の上でも聖人を演じたがる癖があった。それがまた、清純な恋人をとことん乱れさせてみたいという、男の欲望を掻き立てるとは思いもしないで。

「見てるだけかよ……温めてくれるんじゃなかったのか?」

何もしないロジャーに焦れて、トレイスが言った。

「どうして欲しい? 手で擦る? それとも舐めてもらいたい?」

どちらを想像したのか、また少しトレイスは大きくなる。他愛ない。けれど、そんなところが可愛らしくてたまらなかった。貪欲に求められるのも悪くはないが、こういう物慣れないところも失わないで欲しいと、ロジャーは思う。

「な……舐めて……」

耳朶まで赤く染めて、ついにトレイスがねだった。ロジャーは唇の端を上げ、望みのままに身を屈める。先端を含み、窪みに舌先を押しつけると、頭上から濡れた声が降ってきた。スタンダード・ナンバーのように、何度聞いても聞き飽きることがない夜の歌。トレイスにもっと歌って欲しくて、ロジャーは熱を帯びた茎を吸い上げたり、滴る先走りを舐めたり、舌で塗り拡げたりする。

「ん……んん……っ」

胸を撫でたときよりも大きく仰け反り、苦しげに身を捻って、強すぎる快感をやり過ごそうとするトレイスの腰を抑えつけたロジャーは、求められもしないのに屹立を握り締め、緩く二、三度ほど扱いた。そして濡れた指先を、無防備な蕾に押しつける。

「や……っ……やだ……っ」

譫言《うわごと》のように否定の言葉を洩らす唇とは裏腹に、ロジャーのすることは何でも受け入れてしまう身体は、差し込んだ瞬間こそ、キュッと引き締まったものの、すぐに自ら解れて指を呑み込んでいった。本当にどこもかしこもしなやかで、淫らな生き物だ。ロジャーは指を抜き差ししながら、再びトレイスの熱を頬張る。

「つ……強くしないで……っ……そんなにしたら……っ」

後ろで水音を立ててやると、トレイスも泣き出した。

「まだ出すなよ」

釘をさして、もう一本の指を入れる。トレイスは自分の指を噛みながら、ロジャーの悪戯に耐えた。だが、それも『ボタン』を押されるまでのことだ。熱くぬかるむ粘膜の中、ロジャーの指は正確な位置を探り当て、快楽の源をぐっと突く。

「やあ……っ」

絶頂に達しかけたトレイスは、自分で性器の根元を握り締め、必死に耐えた。ただ、ひとえに「出すな」という命令を守るためだけに。そう、本当に贄として捧げられた者のごとく従順に……。

「いい子だな、トレイス」

ロジャーは身を乗り出し、泣き濡れた頬にキスをする。

「さあ、次はどうしたい？」

言いながら手首を前後させると、トレイスは埋まったままの指をぎゅっと締めつけた。何を望んでいるのかは明らかだったが、ロジャーは彼の声を待つ。そう、聞かずにはいられないのだ。自分を、自分だけを求める言葉を。

「い……れて」

「何を？」

承知しているくせに、という苛立ちを込めて、トレイスは泣き濡れた眼でロジャーを睨んだ。

「あんた……を……だよ……っ」

そんな顔も愛おしくて、ついロジャーは意地悪をしてしまう。

「いいよ、入れてやる。それで？」

琥珀色の瞳に映る蝋燭《ろうそく》の炎が揺れている。いや、揺れているのはトレイスの心かもしれない。しばらく躊躇ってから、彼は震える唇を開いた。言わなければ、何もしてくれないということが判っていたからだ。

「な……中を擦って……いっぱい……動いて……」

ロジャーは微笑む。

「それで？」

ロジャーを睨みつけている顔がくしゃりと歪む。トレイスは両手で顔を覆うと、投げ出すように言った。

「ぐちゃぐちゃにしろよ……っ」

実際、トレイスは言葉と共に捨てたのだろう。その心にこびりつく羞恥やプライドを。

ロジャーはそのときを待ち望んでいた。何もかも綺麗さっぱり無くなった、真《ま》っ新《さら》なトレイスの心を、自分だけで満たす瞬間を。

「してやるよ。俺のこと以外、何も考えられないほど、掻き回してやる」

欲望に掠れた声で告げながら、ロジャーはあまりにも強い——いや、強すぎる己れの独占欲を思った。

トレイスと出会うまでは知らなかった自分。

身勝手で狭量。そして近視眼的で臆病。

判っている。偉そうなことを言っているロジャーこそ、トレイス以外のことは考えられもしないのだ。その艶やかな金髪の一筋まで自分のものにして、自分だけを見て、自分だけに笑いかけて欲しい。もうずっと、そんな子供じみた願いが、接近中のハリケーンのように心の中で渦巻いて、理性を薙《な》ぎ倒そうとしている。何とかそれを押し止めているのは、彼を縛りつけ、自由を奪うような真似をすれば、トレイスに嫌われてしまうという恐れだけだった。だから、本当に二人きりになってしまうと、ロジャーの歯止めは効かなくなる。普段は心の奥底に押し込んだ欲望を、一気に解放したくなってしまうのだ。

「え……？」

背中に腕を差し込まれ、急に起こされたトレイスは、戸惑ったようにロジャーを見た。ただでさえ大きなその眼が、次の瞬間、さらに見開かれる。

「座ったままはや……っ」

だが、ロジャーは構わず、すっかり綻んだ蕾に自分を押し当てると、必死に逃げようとするトレイスの腰を引き寄せるようにして穿《うが》った。

「あーっ」

どうしようもなく貫かれ、自らの体重でさらに奥深くまでロジャーを呑み込んだトレイスが、がくりと首を仰け反らせる。慣れているから、さほど苦痛は感じなかっただろうが、それでも衝撃のあまり小刻みに震える背中が痛々しかった。

「何で座ったままは嫌なんだ？」

ロジャーはうっすら残る自分の歯形を舐め、ツンと尖った胸の中心をそっと吸い上げてから聞いた。

返事はない。

だが、構わなかった。答えないだろうということは薄々判っていたし、どうして嫌いなのかも知っている。体格で劣るトレイスはこんな風に抱き込まれてしまうと、自分では身体を動かせなくなってしまう。ロジャーが満足するまで貫かれたまま、ずっと揺さぶられていなければならないからだ。

「ぐちゃぐちゃにしろって言ったのは、おまえだろう？　ほら……」

軽く腰を回しただけで、繋がった部分から濡れた音が上がった。

「うーっ」

トレイスはロジャーの首にしがみつくと、肩口に歯を立てる。ちょっとした意趣《いしゅ》返し。だが、痛くも痒くもない。むしろ、彼が酷く感じているのだと判って、ロジャーの歓びも深まった。

「動くぞ」

腰骨を掴んだまま、突き上げる。

「ひ……あ……っ」

耳元でトレイスが息を呑んだ。一瞬生まれた静寂を、雨の音が埋め尽くす。嵐が吹き荒れている。この部屋の外も。そして、ロジャーの心も。トレイスをどこにも行かせたくない。腕の中に閉じ込め、このままずっと繋がっていたい。だから、ロジャーは祈った。雨よ、降り続け。この楽園、二人きりの世界に誰も近づいてこないように、と。

だが、古《いにしえ》の祭司のように贄の命を奪うことなどできないから、その願いは天には届かないだろう。それにロジャーは独占欲が強いから、たとえカリブ海の嵐の神、その名前がハリケーンの語源となった凶暴なウラカンが相手であっても、トレイスを共有することなど許さない。

「あ……噛むな……ロジャー……噛んじゃ……や……だあ……っ」

先程吸い上げたせいで赤く色づいた乳首に歯を立てると、トレイスは泣きながら腰を振った。感じすぎて、ジッとしていられないのだ。彼の内部もロジャーにざわざわと絡みつき、貪欲に締めつけて、もっと奥に引き入れようと蠢《うごめ》く。可哀想なトレイス。こうなったら、もう彼にはどうすることもできない。

「もう出してもいいぞ。どうせ一度じゃ、終わらない」

だらだらと白く濁り始めた先走りを洩らしているトレイスを、ロジャーは掌に押し包むと、ゆったりと唆《そそのか》すように擦った。

「あっ……あっ」

経験上、一度達してしまえば、また長い責め苦が待っていることは、トレイスも心得ているはずだ。だから嫌々をして、必死に耐えていた。しかし、いつまでも我慢できるものではないということも、彼は知っていた。

「一緒に……一緒がいい……俺だけじゃ……いやだ」

抜いてもらえないにしても、もう一度昂ぶるまで突きまくられるのは御免だと思ったらしい。

トレイスは喘ぎながらねだると、ロジャーの唇に自分からキスをした。

「いいぜ。二人、一緒だ」

自覚はあったが、トレイスに甘えられると、ロジャーは弱かった。我慢強いトレイスがそんなことをするのは、滅多にないと判っているからだ。それに、どんなときでも彼を一人にすることは、ロジャーの望むところではない。いつも一緒が良かった。

「やあ……っ」

もっと深みを抉りたくて、ロジャーはトレイスを抱き締めたままベッドに倒れ込む。そして震える足を抱え上げると、激しく腰を突き入れた。熱く蕩けた粘膜が淫らな音を立てながら、ロジャーの欲を絞り上げる。

「いいんだろう?」

尖りきった胸の肉芽を摘み上げると、トレイスは一際高い声を放った。

「ひ……あ……っ」

「いいって言えよ。声を聞かせろ」

「いい……っ……気持ちいい……よ……おっ……」

ぐらつく理性の持ち主が、トレイスの理性をどろどろにする。

ロジャーは心の中で笑った。そうだ。何も判らなくなってしまえばいい。このまま、正気を失っても構わない。どうせ、二人とも恋に狂っているのだから。

「おまえが好きだ」

ロジャーは汗ばんだトレイスの頭を抱えて、薄く開いた唇に自分のそれを重ねた。そして、もう一度、告げる。

「俺のものにしたい……欲しいんだ……おまえの全部が……」

彼と知り合ってから、ロジャーは嫉妬深い自分に気づかされた。そして、寂しがり屋の自分にも。恋人は孤独を癒してくれるけれど、同じぐらい孤独を感じさせる存在でもあるのだろう。どんなに二人きりでいたい、一つに溶け合いたいと願っても、それは叶わないという現実を、しばしば思い知らされるから。

だが、それでもロジャーは求めずにはいられなかった。満たされない想い、一種の欠落感を味わわせているのもトレイスなら、それを埋めることも彼にしかできないことだったからだ。そして、優しい恋人はいつでもロジャーの望みを叶えてくれる。願えば、願っただけ。いや、それ以上に。

「俺も……ほ……しいのは……あんた……だけ……」

震える掌が差し出され、ロジャーの頬を包み込む。何よりも聞きたい言葉と共に。

「好きだ……ロジャー……誰より……も……」

トレイスは荒ぶるロジャーの魂を抱き締めた。その瞬間、戸外で吹き荒れている嵐はともかく、波立つ心は凪《な》いだのだ。

「トレイス……」

　そうして取り戻した静寂を埋めたのは、ひたすら彼を愛したいという想いだけだった。欲しがるだけではなく、できうる限り与えたい。ありったけの優しさと歓びでトレイスを満たして、自分が味わっている幸福を、彼にも感じてもらいたかった。

　さっきまでの飢えとは別の激情に駆り立てられ、ロジャーは穿つ速度を速める。自分のために流される甘い涙を唇で拭って、すすり泣きを洩らす口をキスで封じた。舌先を吸い上げると、トレイスはびく、びくと下腹を引きつらせ、必死に訴える。

「んっ……も……いく……っ」

　きつく締め付け、うねる肉に追い上げられて、ロジャーの限界も近かった。本音を言えば、まだ終わりたくない。このままでいたかった。でも、それではトレイスの身が保たない。

「いいよ……さあ」

　ロジャーは囁き、トレイスの胸に顔を伏せた。そして、小さな突起に軽く歯を立てる。

「あーっ」

　トレイスは仰け反り、抑えきれない悲鳴を上げながら達した。何度も腰を引きつらせ、白濁した雫を自分の腹やロジャーの胸元に撒き散らしながら。

　そんな熱いシャワーを浴びながら、ロジャーも欲望をトレイスに注ぎ込む。可哀想だが、外に出してはやれなかった。今夜はどうしても彼の中でいきたかったのだ。

確かめる余裕はなかったけれど、おそらくトレイスも同じ気持ちでいてくれたに違いないと、ロジャーは思う。その証拠に、彼は力つきて彼の上に頽れたロジャーの背中を撫でてくれた。多少億劫そうなのは否めなかったが。

「なあ、神様は満足してくれたか？」

呼吸を整えて、トレイスが聞く。喘いだせいで、少し声が枯れていた。

「何だって？」

トレイスは苦笑する。

「自分で作った設定を忘れちまったのかよ。俺は生け贄で、おまえは蛮族の神官なんだろ？」

そうだった——ロジャーは耳を傾け、降り続く雨の音に注意を向ける。勢いは先程とあまり変わっていないようだ。ということは、つまり自分の祈りが通じたということなのだろうか。

「ああ、そうだ」

ロジャーは前向きに考えることにした。

「我らの神は、贄に満足されたぞ」

「不満だなんていったら、その口を石鹸で洗ってやる。それより……」

先程まで背中を撫でていた手で、トレイスはロジャーの尻を軽く叩いた。

「コレ、そろそろ抜いて欲しいんだけど」

ロジャーは微笑んだ。やはり、トレイスは一度きりで終わらせるつもりらしい。だが、

「野蛮人《サヴェージ》はタフというのが定説じゃないか。今のはおまえさんのペース、今度は俺のペースで愛し合おうぜ」

「冗談！　もう一回なんて、身が保たないよ。とにかく、俺の上から下りて」

機嫌を損ねたくなかったので、ロジャーは言うことを聞いた。

「ん……っ」

擦り抜けていく肉の感触に眉を顰《ひそ》めたトレイスは、改めて抱き込まれたロジャーの腕の中で溜め息をつく。そして、まだ熱を帯び、潤んだままの瞳を上げて言った。

「ハリケーンは大嫌いだけど、たまにはこういうのも悪くないね。キャンドルの光……」

ロジャーは微笑み、トレイスの口にキスをした。

「雨音のカーテン……鎧戸で隔絶された二人きりの世界……俺達の箱船……ノアのように長いこと漂流できないのが残念だ」

ロジャーの頬を優しく撫でて、トレイスも笑みを浮かべる。

「俺もだよ、ハンサムな野蛮人《サヴェージ》さん。あんたとなら、嵐の夜も怖くない。一緒にいてくれて、ありがとう」

寛大なトレイス。むしろ、礼を言わなくてはならないのは自分の方だと、ロジャーは思った。彼に逢わなかったら、こんな風に心の底から満たされることもなく、虚しさを噛み締めながら生涯を終えていたかもしれないのだから。

「ずっと一緒だ」

ロジャーの言葉に、トレイスは頷いた。

「うん」

「一生、離れない」

「うん」

「追い出そうとしても無駄だか……」

キスで言葉を封じたトレイスは、ロジャーの額に自分のそれを押しつけると、むずがる子をあやすように息を吐いた。

「しーっ」

容赦ない雨が鎧戸を叩く。風が屋根を軋ませる。だが、部屋の中は静かだった。とはいっても、冷たい沈黙が流れているのではない。心が通じ合った者同士の声にならない想いで満たされている。二人の聖域。隠れ家。禁猟区――『サンクチュアリ・スイート』とは、良く名づけたものだ。この部屋に対するロジャーの愛着は、日々強くなる一方だった。共に暮らす者への愛情が、日々深まっていくのと同様に。

あとがき

こんにちは、もしくは初めまして、松岡なつきです。

この『SWEET　SAVAGE』は、他社で発表した新書版ノベルズ『やさしく殺して』に加筆修正し、書き下ろし番外編を加えたものです。もえぎ文庫さんのご意向で、タイトルが変わっていますことを、どうぞご了承下さい。

その新書のあとがきにも書いたのですが、『ポーカーラン』は実在するイベントです。たまたま遊びに行ったキーズで開催されていて、すっかり魅了されてしまいました。一晩中続く爆音さえなければ、また見てみたい！

挿画を引き受けて下さいました奥貫　亘先生、輝くダイナ・グライドに乗って逃避行する二人が格好良くて、飽かず眺めております（ラフ画のひげロジャーも大好き）。お忙しい中、本当にありがとうございました。今後ますますのご活躍を、心よりお祈り申し上げております。

編集の東野さんにも色々とご尽力頂きました。温かいお言葉、嬉しかったです。

そして読者の皆様に心からの感謝を捧げます。少しでも楽しんでいただけたら、これに優る喜びはありません。

もえぎ文庫をお買い上げいただき、ありがとうございます。
この作品を読んでのご意見・ご感想をお待ちしております。
[宛先]
〒145-8502 東京都大田区上池台4-40-5
学研 教養・実用出版事業部内 「もえぎ文庫編集部」

SWEET SAVAGE やさしく殺して

著者:松岡《まつおか》なつき
初版発行:2007年3月28日
発行人:大沢 広彰
発行所:株式会社 学習研究社
〒145-8502 東京都大田区上池台4-40-5
印刷・製本:図書印刷株式会社
編集協力:秋水社

★ご購入・ご注文はお近くの書店にお願い致します。
★この本に関するお問い合わせは、次のところへお願い致します。
●編集内容については
[編集部] 03-5447-2313
●不良品(乱丁・落丁)、在庫については
[出版営業部] 03-3726-8188
●それ以外のこの本に関するお問い合わせは
学研お客様センター 「もえぎ文庫」係
〒146-8502 東京都大田区仲池上1-17-15
電話 03-3726-8124
●もえぎ文庫のホームページアドレスhttp://www.gakken.co.jp/moegi/
定価はカバーに表示してあります。

好評既刊

忠犬の叛乱《はんらん》

音理　雄 著
村上左知 画

定価550円（税込）

幼なじみで、忠犬で……
じつは『いいなずけ』!?

STORY

「ナツは友達じゃない」幼なじみで、小さな頃から一緒にいた政道に、突然そう宣告されてしまった夏希は、大ショック！　しかしその言葉の理由が、昔交わした小さな約束にあると知って――。一途でせつない下剋上ラブ♥

レッスン マイ ラブ

剛しいら 著
大和名瀬 画

定価550円（税込）

俺が本当は
何がしたいのか、
知ってるんだろう？

STORY

母にダマされ、４歳の時からバレエスクールに通っている美晴。「もう絶対にやめてやる!!」と心に決めていたのに、クリスマス公演の主役に抜擢されてしまう。しかも世界的に有名なダンサー、服部　陸がレッスンしてくれることに！

もえぎ文庫

好評既刊

脱・プリンス宣言！

鹿住 槙 著
今本次音 画

定価550円（税込）

……これはいったい誰だ？

STORY

容姿端麗・頭脳明晰・性格温厚で非の打ち所のない学園のプリンス、その名も大路正明。偶然その裏の顔を知ってしまったヒナ。憧れの大路像とのギャップにショックを受けるヒナだが、大路はヒナに一目惚れしたと宣言して……!?

梁《やな》田《だ》家《け》の食卓

染井吉乃 著
唯月 一 画

定価550円（税込）

俺さあ、オヤジのコトが好きだ

STORY

高校二年の勝伊は、三歳の時に自分をひきとって育ててくれた養父・梁田伊月が、ずっと好きだった。春休みのある日、朝食の席でついに告白！ しかし軽くいなされてしまい…。親と子、人と人との絆を描く、新世代ホームドラマ！

もえぎ文庫